韩玉莲 著

蒲公英的足迹

海天出版社
·深圳·

图书在版编目（CIP）数据

蒲公英的足迹 / 韩玉莲著. — 深圳：海天出版社，2021.5
 ISBN 978-7-5507-3092-2

Ⅰ. ①蒲… Ⅱ. ①韩… Ⅲ. ①长篇小说－中国－当代
Ⅳ. ①I247.5

中国版本图书馆CIP数据核字(2020)第253562号

蒲公英的足迹
PUGONGYING DE ZUJI

出 品 人	聂雄前
策划编辑	韩海彬
扉页题字	杨晓冬
扉页绘图	孙海伟
责任编辑	熊 星　杨跃进
责任技编	郑 欢
装帧设计	知行格致

出版发行	海天出版社
地　　址	深圳市彩田南路海天综合大厦7—8层（518033）
网　　址	http://www.htph.com.cn
订购电话	0755-83460239（邮购、团购）
设计制作	深圳市知行格致文化传播有限公司
印　　刷	深圳市希望印务有限公司
开　　本	889mm×1194mm 1/32
印　　张	6.25
字　　数	96千字
版　　次	2021年5月第1版
印　　次	2021年5月第1次
定　　价	36.00元

海天版图书版权所有，侵权必究。
海天版图书凡有印装质量问题，请随时向承印厂调换。

序

PREFACE

今年是深圳经济特区建立40周年,在这个纪念日到来之际,韩玉莲完成了这本小说,我一口气读下来,竟觉得颇合时境。写这一篇序言,算是从一个侧面来纪念深圳经济特区的建立吧!

韩玉莲下乡当过知青,返城工作后,从家乡来到深圳,见证了改革开放和深圳建设发展的多件大事。她的小说中没有对宏大历史背景的叙述,但每一个人物、每一个故事都反映出鲜明的时代特征。从一个读者的角度,我认为她的表达是真诚的,她在人物身上倾注的情感是真挚的。

蒲公英这个意象很独特,有草根的意味,有随风漂泊的感触,有四海为家的胸襟,也有扎根大地的情怀。二十世纪五六十年代出生的人,无论来自城市还是农村,面对改革开放的时代洪流,真就像蒲公英那样:他们上山下乡、进城务工,被时代的大风吹向四方。有人因招工返城，有人考上大学，有人出国留学，有人下岗创业，有人南下深圳。虽然人生际遇不同，每个人却都在经历历史，最终，每个人都活成一部历史。作者通过刻画子豪和小伊秀、芳琼和何木生等多组人物形象，展现了时代大潮下普通人对美好生活的向往和奋斗的历程。在她笔下，我们能看见那个年代的人们是如何看待爱情、友情、婚姻、家庭、学习、工作、挫折、苦难和机遇的，这为我们回顾那个年代提供了一份不可多得的样本，也许，还能够为今天的人们提供一些参考与借鉴。

　　作者并非专业作家，但她对人与人之间复杂情感的细腻刻画足以打动人心。作者对时代和人性的反映也较为深刻，在热情讴歌团结、奉献、友爱、奋斗的同时，也不吝于对人性的丑恶予以鞭挞，对生活的苦难给予悲悯。作者的可贵之处在于，无论是面对怎样的痛苦与挑战，总能让人看到坚毅与勇气，总能让人感受到希望和力量，而这正是我们应当坚持传递的精神力量。

　　是为序。

杨爱平

二〇二〇年十二月于深圳

自　序
PREFACE

多年以后，面对自己走过来的人生路，自然而然想起了彼时青春年少下乡当知青，返城工作和南下深圳的情景。尤其是头脑中一些人物出现时，我总不能忘却，我要把常常想念的那些同学、工友、同事、家人等难忘的人留在笔下，用心地描述出来。将记忆与遐想交错时积攒在心中多年的情感抒发出来，将这些故事告诉读者，让读者了解这些普通人的生命火花，感受生活的美好，见证生命的厚重和力量。

本书主要写后知青时代平凡的小故事，献给同时代的人和他们的孩子。书中回溯记忆里的时光，对主人公子豪和小伊秀、芳琼和何木生等青年男女的具体生活经历进行描写，通过婚姻的发生、发展、结局，大胆地说出自己对婚姻的见解和对生活的态度。同时，歌颂蒲公英的品格，这种花黄叶绿的小植物，它不择土壤，坚忍不拔，生生不息，映衬着从城市到农村去的知识青年和从农村出生走进城市的年轻人，他们同样勇敢、自信、坚强。他们在人生成长的道路上，饱经风霜，砥砺前行；在布衣素食里追求乐趣，在努力奋斗中结成友谊，共度美好的人生。

目 录
CONTENTS

第一章　春　天 …………… 001
第二章　情　意 …………… 006
第三章　憧　憬 …………… 018
第四章　邻居董娘家 ………… 026
第五章　雪夜星空的心思 …… 030
第六章　花落村庄 …………… 034
第七章　小伊秀的出现 ……… 053
第八章　回　城 …………… 062
第九章　不言不语 …………… 070
第十章　工　厂 …………… 073
第十一章　宿　舍 …………… 082
第十二章　误　会 …………… 091

第十三章　绽　放 ················· 099

第十四章　愿　望 ················· 113

第十五章　学　校 ················· 124

第十六章　朵朵走了 ················· 138

第十七章　新的开始 ················· 142

第十八章　真诚的心 ················· 158

第十九章　从头再来 ················· 161

第二十章　相　逢 ················· 171

后　记 ················· 191

· 第一章 ·

春　天

小西沟，这个只有几十户人家的村庄，承载着多少知青一生难以忘却的情怀。

眼前，一条土路穿过村庄，蜿蜒地伸向远方。路两旁整齐栽种的白杨树挺拔向上，树叶随风摇曳，沙沙作响。村庄的旁边，一条河水悠悠地朝着松花江方向流淌，河水灌溉着这块土地，养育着这里的人们。河的旁边是郁郁葱葱的河岸，很多植物扎根在这里。莺飞草长。小土坡旁，长出莲座状的蒲公英。一棵棵萌芽中的蒲公英有着嫩嫩的小绿叶，还有一棵正开着黄花，它引来嬉戏的孩子。一群正值豆蔻年华的小女孩巧笑着，有的胳膊上挎着个小篮子，里边放着刚刚挖的还带着泥土芳香的嫩绿野菜，在开着黄花的蒲公英面前，站着的小女孩在看，蹲着的小女孩用纤细的小手抚摸着，欣赏带着清澈露水的花容。河岸上柳树正发出青芽，村里的男孩们经常在这里折一根柳树枝，用小手轻轻地拧出木秆芯，切成一小段，再用小刀削掉柳枝一边的薄皮，做个柳哨，吹起来，高高低低的哨声响遍田间，在春风中回荡，那叫一个好听。孩子们也给河岸带来了欢乐和生机。

野草簇拥在一起，有的孩子在草地上翻跟头、打把式，互相追逐着玩耍。孩子们中间，有个比其他小孩高出半头的半大小伙子，玩得尤其兴奋。他浓眉大眼、憨厚可爱，有时对其他孩子做出怪脸。他身上穿着一件旧的海蓝色小布衫和一条黑色单裤，虽然裤子膝盖处打着椭圆形补丁，但是洗得很干净，其他孩子喊他何木生。此时，他身边的一个孩子大声嚷嚷着口渴了，何木生说："走，我带你去找酸浆。"他们在草丛旁发现几棵嫩绿细秆的小狼尾巴酸浆，撸掉叶子放在小手里，又扯几根藤蔓，上面还带着稚嫩的小毛刺，毛刺旁边长着铜钱般大小不一薄薄的圆形小叶子，孩子们叫它拉拉秧酸浆。他们把酸浆放在小嘴里嚼着，酸溜溜地淌着口水。太阳已高高升起，阳光暖融融地照在小土坡上，照在孩子们的身上，到处都散发着暖洋洋的春的气息。

这时，乡路上一个十六七岁的小伙子路过这里，中等身材，身上穿着一套褪了色的黄衣服，脚上那双黄胶鞋已刷得发白。走过这里的正是子豪。他无意中发现挖野菜的一个十三四岁的小女孩，穿着立领偏衣襟浅蓝色的小布衫和宝石蓝的小裤子；头上戴着柳条枝编成的小花环，上边插着几朵紫色的小巧秀丽的勿忘我花，还有一朵小黄花，是微笑的蒲公英。她扎着两条小辫子，脸上有一双水灵灵不大不小会说话的杏核眼睛，那张天真的小脸略带羞怯的样子。脚上穿着一双小花布鞋，有一只鞋的鞋帮和鞋底之间已经裂开了一寸多长的口子。女孩名叫小伊秀。子豪给小伊秀一个温暖的微笑，小伊秀望了他一眼，默默无语。小伊秀挖过野菜后，正观赏一株她喜欢的蒲公英。等她抬头再看时，子豪已经走得很远了。

已近中午。子豪朝着村东边的五间茅草房走去，这是城里知识青年吃饭和居住的地方，知青们都叫它集体户。子豪走进门里时，只见烟雾缭绕。做中午饭的芳琼，正蹲在灶坑边生火，两根木柴有点湿，没有干透的柴火很难点燃。芳琼刘海下的两只眼睛被烟熏得流着眼泪。过了一会儿，另一个从地里劳动回来的敏纯,放下手中的铁锹,脚迈进屋里时,也惊奇地看见芳琼水灵灵的眼睛被烟熏得泪流不断的样子,他愣愣地站在那里好一会儿,深感芳琼的不容易,为同学们起早贪黑做饭吃了不少苦。敏纯了解碧玉年华的她,在城里的家中从来没有做过这么多人吃的饭菜。

下地劳动的同学们陆续回来了。就在中午开饭时,子豪说:"告诉大家一个消息,我回来时,听说城里开始招工、招生了!"刹那间,只见户里十八个人,一起把头转向了子豪。

这是很久以前,一九七〇年的一天。由十九位同学组成了知识青年集体户,故事就发生在这些人中间。

芳琼站起来,很不自然地说:"我们下乡两年多了,我每次劳动都没有落后过。可是我出身地主家庭,就算是有了招工名额,也很难轮到我。"靠窗边站着的大个子安民,他用手摸了几下扎在腰上的草绳思忖着说:"我是干部的子弟,家里不会给我带来负担,有希望。可是,我患了心脏病,回城体检时会受到影响。"身材不高不低的朵朵想了一会儿说:"我喜欢艺术,想去考音乐学院。"沉稳的子豪心里想,他的条件也可以,户内户外的人对自己都很好,看情况再说吧。高个子李群急着说:"不管用什么办法,我要走。"胖乎乎的敏纯没有表态。子豪看了大家一眼说:"不管每位同学今后的路怎么走,这个春天起,我们都要从这里起程了!"

· 第二章 ·

情　意

　　两年多的时间,不算长也不算短。每个人都有自己的经历。

　　大个子安民长着一头乌黑的头发,言语很少,他是个学霸,考中学时数学得了满分,语文考了九十九分,在班里排名第一。他的弟弟阳光听说也是个优等生。阳光下乡的集体户离这里不算远。一天早上,小雨不停地下,不能出工劳动,安民身子左摆右摆摇摇晃晃地拉着二胡,悠扬的二胡声伴着屋子外边的微风细雨,点点滴滴沁入户里人的心田。此刻,他目光朝向前面的玻璃窗,看见窗外雨水沿着窗户流淌着,从那雨水缝隙中他发现,弟弟阳光披着白色透明的塑料雨衣向院子里走来了,细弱的高个子,轻盈的脚步,迈进了房门。

　　阳光脱去雨衣,用手抹了一下头发,快速地把一只胳膊搭在哥哥的肩膀上,两个人互相望着。朵朵正好遇见,就近距离观察哥俩,弟弟阳光也有心脏病,脸色略微发白,俊俏的脸上有一双细长的眼睛,略带微笑,他长得喜庆,让人看一眼后不会轻易忘记。朵朵猜想哥俩内心在想着什么呢?二人应该是互相安慰、互为牵挂。朵朵相信,他们那远方的母亲也无时无刻不在惦记着两个儿子呢。

安民的眼睛没有离开弟弟的脸庞,他轻声地说:"阳光,你的心脏病现在怎么样了?我真的有点放心不下,农忙季节我舍不得误工,不能随时去看望你,你要注意照顾好自己的身体。"

"哥,你放心。我就是挺想你的,我干活时确实没有多大的力气,总想跑来看看你。"

"阳光,你能干多少就干多少,干不动时就别干了,我挣的工分足够帮你交口粮钱了。"

哥俩亲近地说了几句话后,和大家聊起来了。户里的同学都喜欢阳光,大家围上来说话,七嘴八舌的,你说我笑,又都欢快起来了。从那以后,阳光经常来这里。

这年秋天,庄稼收割完了,被陆续运回场院。早上,太阳刚刚露出脸来,大家就分头去上工了。场院里,敏纯在一辆马车旁,双手用木叉子叉住车上的黄豆捆,举到豆垛上,芳琼接过来,一捆一捆地码垛。芳琼聪明、娴静,大大的眼睛在整齐的刘海下,尤其惹人注目。她穿一件蓝色的秋衣,外边套着银灰色带蓝格子的平方领上衣,散发出生气勃勃的青春气息。

芳琼正在大豆垛上聚精会神地劳动着。豆秧上成熟的豆角很尖锐,她一不小心就被扎破了手指头,她摘下手上的白线手套,用手挤了挤出血的手指头。耳边忽然听到敏纯在喊:"芳琼!"芳琼还没来得及反应,敏纯已经把自己戴的一双手套(银灰色劳保专用的皮手套)扔了上去。豆垛堆有几米高,芳琼只好接过来,脸上漾出笑意,又慌慌张张地把它戴在自己的白线手套上。在旁边劳动的李群看见了,板着面孔,撇了一下嘴,她在嫉妒。芳琼看见了李群冷淡的眼神,觉得以后无论谁和李群一起工作,都会产生不愉快的感觉。

差不多隔了一周的时间,又轮到芳琼做饭了。一间宽大的厨房在男、女宿舍中间,厨房有两口大铁锅,一口用来煮饭,一口用来做菜。她把锅盖擦得铮亮,碗筷洗得干干净净，放得整整齐齐，这样她自己看着也舒服。

这一天，芳琼起得很早，开始熟练地做起早饭，十九个人吃的大米饭，想要做得可口可不是一件容易的事情。饭锅开了，她把大火改成小火，用耳朵细听到锅里开始收汁时发出的响声，又马上将小火熄灭，焖上十几分钟，掀开锅盖看见熟了的大米饭，白白的、油汪汪的，一点锅巴也没有！

芳琼做早饭时，敏纯总是帮忙备柴和水，芳琼心里很是感激。敏纯总会和芳琼在一起闲聊。芳琼长长的睫毛像小扇子，温柔的唇角微微往上翘，她内心喜悦，显而易见，敏纯是喜欢她的。

敏纯对芳琼小声地说："我的父母都是医生，按照国家规定也要下乡的，我准备跟他们去别的地方了。这样，一家人也能在一起生活，互相有个照应。"芳琼的眼神有些不舍，但她转过身去，抬起右胳膊，用衣袖遮掩住了眼帘，还是未说出什么。

过了几天，刚刚吃过中午饭，敏纯把行李归类，用绳子捆绑好，四四方方的，放在那里。他要去八里外的开元村乘坐汽车，与父母相会后到新的地方去。

敏纯临走的时候喊了一声芳琼。芳琼跟在后面，奇怪的是两个人不声不响的，什么也没说，就这样在心里默默地爱恋着。芳琼抬头看见一只山鹰翱翔在天空，飞走了。走了几里地，芳琼转身回来了。谁知这一走，几十年后才重逢。

子豪因为招工也要走了。子豪十五岁时下乡，现在已经十七岁了。他条件不错，威信很高，户里和乡里的人一致推荐他先走。

回城前，子豪想起那天遇到的挖野菜的小姑娘——小伊秀，她家住哪里呢？他想去看看。善良的子豪，总是想起那个可爱的小姑娘，脚上穿着的小花鞋有一只还裂了口子，这印象在他脑海中挥之不去。子豪知道乡下人很少进城，就在自己回家时顺便去商店买了一双小胶鞋，想送给这个女孩，让她高兴一下。

经过向村民打听，子豪才知道小伊秀家的大概方向。他穿过泥土路，经过几十户人家，来到小西沟的山弯深处，终于看见两间土坯茅草房。子豪抬头朝那里张望着，看见一扇房门已旧得快要掉下来了！再近一点看，用黄土泥巴拌谷草垒的土墙，虽然外面抹了一层土泥巴，但还是能看出来里边露出的谷草。又看到木框连接的玻璃窗，窗台下外边墙的泥土有的掉下来，露出了一个窟窿，用砖头堵着。院子里有棵小树不知叫什么名，树枝上长着茂盛的绿叶，倒是显得生气勃勃的。子豪觉得这里交通实在不方便，没有人会想到这里还有户人家。

子豪是知识青年，村里人都认识他。他轻轻地敲门后走进去，小伊秀的母亲既惊讶又高兴！小伊秀的母亲说："小伙子来到家里，贵客！贵客！快坐，坐！"子豪说："婶，我因为招工要回城了，过来看看你们。"小伊秀的母亲也不知为哪般，只是笑脸相迎。子豪微笑地点着头，留意着屋里，屋里清洁整齐，炕面铺的是高粱秸秆编织的席子，四周是用旧报纸糊的墙壁，炕墙中间贴着四连画，讲的是古时候，有位妇人勤俭持家的故事：丰收年时，每次做饭前，抓出一把米放在罐子里储存起来，在遇到灾荒年头，将这些储存的米拿出来救急用。

子豪看见泥土地上靠窗边有张地桌，桌子旁边放把木椅子，这木椅子简单粗糙，看上去有点年头了，却擦得一尘不染。子豪客气地坐在这把椅子上。桌椅是这家人仅有的家具，桌子上放着一个暖水壶，外壳是用竹皮编织的。旁边有两个似小碗口大的乳白色搪瓷茶缸摆在那里。

小伊秀的母亲瘦瘦的，有着锐利的目光，她一边倒水一边用那黑黑的眸子紧紧盯着子豪的脸。她说："这知青孩子，真让人喜欢。"小伊秀藏在母亲身后，双手搂着母亲的后腰，小伊秀穿件深蓝底色带有花生大小的红花，花边被微细金黄色包着的衣服。这种色调的布料，显然是大人做衣服剩下的边角余料。还好，穿在一个十三四岁小姑娘身上，也是特别好看。

小伊秀露出半个面孔，看着那天挖野菜时遇到的这位哥哥。子豪喝了水以后，小伊秀从羞怯中走了出来，说："哥哥，我给你看样好东西。"说话之时，从桌子与墙的空隙中间拿出一个小纸包，用她那双细嫩的小手打开一看，里面是她六七岁开始一点点积攒的小花纸。有正方形的红色花带金色边的，有长方形的绿色带小黄格的，还有春节吃完糖果后，留下的各种颜色好看的糖纸，她都收起来叠成小四方块，当宝贝一样攒起来供平时玩赏。

子豪看过后，心里有种说不出的滋味，乡下的孩子是这样生活的。子豪想再说点什么，可又说不出来。

他看着小伊秀快速地把那些五颜六色的小花纸包起来，又放回原来的地方。子豪想，将来他有能力时，他一定还会来到这里，给她带来更多更好看的小花纸。又想，假如小伊秀的前途与他有关系的话，他会伸出双手去帮助她，子豪真的喜欢眼前这个羞怯的小姑娘。临走前，他低头从书包里拿出一双34号小胶鞋（这是前些天回城里特意买的）说："小伊秀，送你的，和那双裂口的布鞋换着穿吧。"小伊秀第一次见到这样的鞋，墨绿色帆布鞋面，两排铁扣眼可以穿鞋带，她把鞋带穿过几排后，交叉系个蝴蝶结，摸着软软的胶鞋底，拿在手上惊喜得忘记了羞怯。打那以后，子豪无论走到哪里，这个羞怯的小身影好像在天边，又像在眼前，再也没有离开过子豪的脑海。

　　草青草黄。一年以后，子豪心里惦记着小伊秀长多高了，变化了没有，还是那么羞怯的样子吗？说来也奇怪，初次见到这小姑娘的目光时，就让他的心不可名状地颤动了一下。子豪还是放心不下，他利用一天的休假日，第二次奔向小西沟的山弯处。他恨不得两步并一步急速地走着，越临近心跳越加速，不知道为什么。子豪在担心，怕房子坏了小伊秀家搬到其他地方去，再也见不到小伊秀！怕从那房子里面走出其他的小青年！

带着忐忑的心情，子豪终于来到山弯，远远望去，那两间茅草房还在，快要掉下的房门已经修好，窗台下边墙的那个用砖头堵的窟窿还抹了一层泥土。子豪才醒悟当初自己怎么不帮忙把这两件事情办好呢，越想越觉得懊悔。自从看到茅草房子起，他就加快了脚步，越走越感到路怎么这么长呢，终于敲门进屋了。

小伊秀十四岁了，还是那么孩子气，倚着门框站立着，还是那样羞怯地望着子豪，小伊秀没想到这个大哥哥真的还会来。令子豪惊讶的是小伊秀拄起双拐了！凑到跟前仔细看了一下，也没看明白。

小伊秀的母亲请子豪坐下，落着泪说："去年她不小心把右腿拉伤了，之后红肿得比大碗口还粗，没钱马上找医生看，耽误了。"瘦弱的母亲双手捂在胸前，低着头用刚能听见的声音又说："更痛心的是，我们和亲属一起去集镇卫生所，孩子的腿弯处需要手术，把化脓的地方切开，局部需要注射麻药止痛。我当时紧张地问：'没有别的办法了吗？''没有。'医生肯定地回答说。"

她又向子豪说："我没有钱，又不会动脑筋想办法借点钱。我们住在乡下的妇女，都没有出过远门，见识也少，孩子的父亲有事情也没有来，确实没法子了，发了一会儿呆，就想这么远来一趟不容易，我狠心地答应医生开刀。就让小伊秀趴在简单的手术台上，孩子只听见刀具相碰声，就已经吓得全身发抖了！

"付不起注射局部麻药的钱，医生消毒处理后，盖了一张医用的白布单，下面露着腿，这样一番简单的程序后，就准备做手术了。医生叫我们家属来帮忙（那年头一个小集镇就设这么个简单的小卫生所），我们很配合，赶车的小伊秀的伯父，还有我和小伊秀的一个姑母，全按照医生的要求，压住了小伊秀，手术开始了。

"医生的动作很快，一个护士不断地递过几种刀具，小伊秀哭着，喊着！脸色由白变青，又由青变白，差点没了气！我当母亲的心痛万分，眼里直流泪，我那小小的孩子，三个大人都压不住！只见那脓和血水流出一小碗。医生叮嘱我们说：'不要缝刀口，每天来换一次药。'

"就这样，每天上午，我和她姑母轮着背小伊秀到小镇的卫生所，医生把贴在腿弯处的纱布拿下来，从伤口里把头一天的纱布（用消毒水浸泡过的）取出来，约半尺长，一寸宽，共有三条带有黄色药水的纱布条需要换出，疼痛似针扎。新肉芽长出来粘在药布上，取和放的时候小伊秀都疼得哭叫个不停。我可怜的孩子虽然哭得像个泪人似的，可是医生仍然夸她文雅、清秀和可爱。

"一个星期过去了，我们又来了。医生把小伊秀腿上的伤口贴上几层纱布说：'不用再来换药了，你可以待在家静养了。'小伊秀轻声地问医生：'真的不用再来了吗？'医生安慰她说：'小姑娘，你放心吧，真的不用再来了，回去好好养着，会好起来的。'小伊秀微微地点点头，乖乖地让我背走了。"

小伊秀母亲的脸上边说边露出难过的表情。

小伊秀的母亲向子豪说完了整个过程。子豪不断地想象当时的情景。子豪这次到来，已是小伊秀手术一个月以后的事了，她的腿仍不能落地，需要时间恢复。子豪听着小伊秀母亲的讲述，看着小伊秀的腿，心底在流泪。可怜的小伊秀受尽了苦头，却默默无语。她一点一点小心地挪着，挨近了子豪哥哥，眼睛盯着他，这个羞怯可爱的小姑娘让人心疼，让人心发酸。

子豪说:"以后有需要帮助的时候,说一声,一定找我帮忙。"子豪心中燃起新的温情,像勿忘我花一样纯真。可是那个年代,没有电话,确切地说电话这个东西长什么样,乡下的人连见都未见过。邮个信也得七八天才能接到,互相联系谈何容易。

第三年春上枝头的时候,子豪舍不下小伊秀,抽出一天时间,又来到了小西沟山弯处。沿着熟悉的路走着,瞧着,盼着。一道阳光照了过去,远远看见了那两间茅草房还在,有点荒凉,再走近点,子豪神经紧张觉察到不对劲,怎么没人住了呢?急速到了跟前,只见房门上了一把锁,院内那棵小树还在,却不见了人的踪影!真的人走屋空了。子豪顿时觉得自己的呼吸短促了很多,没有春天的感觉了,像冬天寒冷的风雪吹打着自己,心凉了一半,挥之不去的思念占据了内心。他准备去打听小伊秀的下落,就是走到天涯海角也要寻找到她。

· 第三章 ·

憧　憬

　　三年以后，集体户里只剩下芳琼一个人了。晚上，门窗锁得紧紧的。明月透过窗户把它的光洒向屋里，她抬起头来，遥对空中月。自己坐在那里发呆，手里拿着一张户里的照片，又低下头反复翻着，却没有心情来看，心里也不知道在想些啥。屋内角落里响起蟋蟀的弹琴声，窗外田地里传来一片蛙声，远处不时地还有几声狗叫。没有往日的说话声，没有嬉闹声，芳琼鼻子一酸，泪水还是流了出来。芳琼想，全户的人因为招工、招生先后都走了，来时十几个人一起来，走时为什么不能一起走呢？她的泪水流了好一阵子。

　　哭有啥用呢？谁让自己家庭出身不好呢！心酸啥呢？年轻人啊，就是这样的脆弱，怎么能忍住呢？以前的一切都过去了，愁是解决不了问题的。眼下，一个女孩子在生活和安全上会遇到很多事情，时时感到孤独无助，需要勇气去克服。听说组织要把她并到其他村子的户里，互相有个照顾，便于管理，可是芳琼舍不得离开这里。

天亮后，芳琼寂寞地走出村口，一个人在田野中散步，前后没有人影，耳旁听到的只是风呼呼刮着的声音。她仰望着低沉的天空，凝视着远山近岭在云雾中时隐时现。心里想，从前与朵朵、敏纯一起散步，现在朵朵因为招工到城里去了，敏纯也跟着父母亲走了，不知怎么样了？那些熟悉的面孔走后，他们会不会想起现在的自己？还留在这里的芳琼就连自己都快要忘记自己的存在了，头脑中一片空白，孤零零地走着。她望着前面，好一片苍茫大地，就又漫无边际地走了好远好远。

突然，她被一棵小草吸引了，她弯下腰去，轻轻地抚摸着它，这是一棵蒲公英，生长在车辙旁边，虽曾被碾压过，但仍能看出它不屈不挠、倔强、挺拔的样子。这深深地感染了芳琼，当她慢慢地站起再看远处山峰时，一抹阳光透过山峦的隘口，洒满了山谷，庄稼叶上的露珠在阳光下闪闪发亮，充满了生机。芳琼在思索。她在学校读书时在班级里成绩优异，尤其文科更是名列前茅。

芳琼豁达起来，头脑原似黑墨的天空，竟闪出一道光亮，像沙漠中出现了海市蜃楼，像春天久旱的大地沐浴着一场春雨一样。芳琼兴奋起来了，眼里放出光芒。芳琼想起清朝诗人袁枚写过的一首诗："白日不到处，青春恰自来。苔花如米小，也学牡丹开。"她要寻找生命的价值，去欢乐地绽放，要积极向上，勤奋学习，要自信、自强，学习知识来武装自己的头脑，利用可用的时间，有计划地先复习语文、数学、历史、外语，要学的内容很多，应树立一个远大的理想和目标，勿使岁月蹉跎。她想到子豪会来到这里，他惦念着小伊秀。小伊秀一家人不声不响地搬走了，子豪心里一定放不下，会来找她和村里的人打听小伊秀的去向，何不等他来时，请他去城里她的家，先把已有的这些课本捎来复习一下，再订个长远的学习计划和目标。她心中升起了希望的太阳，散步回来的脚步也有劲了。她回到住处时，觉得屋里比以前敞亮很多，心里格外舒服。

这时，她发现何木生也来了，那个吹柳哨的半大小伙子现在已经长成大小伙子了。芳琼说："何木生，你从哪来?""从家里来,你一个人在这里,我来看看有什么事情需要帮忙的。"何木生说道。芳琼从来不向别人提出什么要求,于是说:"没事,都好,谢谢你!"何木生不希望看到芳琼心烦的样子,他知道芳琼的无奈。

何木生总想能为芳琼做些什么,可是自己也没什么法子帮得上。只能说:"这种处境只是暂时的,你有知识、有能力,会有希望的,慢慢等着机会,会有转机的。"可今天,何木生看到芳琼的精神比以前振奋多了,不知道为什么。那天,芳琼也感到不孤独了,何木生好像能读懂她,芳琼感觉到自己开始盼望何木生能经常到来似的。

芳琼回想起和何木生的一件又一件往事。那是去年夏天的一个上午,天气非常炎热。村边那条河涨水后,转眼间成了很深的河流。劳动休息时,大家都去河边,自己也和几个年轻人一起坐在很陡的河沿上,用双脚拍打着水面消暑降温。芳琼看着湍急的流水,快速荡着翻起树影的浪花时,突然间感到有些晕了,一头栽进了河里,河水淹没了头顶。霎时,她觉得眼前混浊的水,从嘴往肚子里不停地灌,双手什么也抓不住。

就在这紧急关头,何木生看见了,一个箭步跳入河里,使出全部的力气,用双手把浑身湿淋淋的芳琼拖出河面,送到岸边。看到芳琼惊吓的样子,何木生把自己的上衣脱了下来,用手拧了一下水,让芳琼披在身上,送她回到住处去换干净的衣服。到了屋前,他说了声,先歇着吧,明天再出工劳动,就走了。芳琼心里一直感激着何木生的救命之恩。何木生是个热心人,村里谁有事情他都愿意去帮忙。

转眼到了秋收后,村里要组织人员挖防空洞,芳琼报了名。防空洞地址选在村东边一座山丘处,按规划开始施工了。人们排成行,每天上工时扛着锹、镐,挑着土篮子。头几天,挖土方进度还挺快,慢慢地难挖了,防空洞由浅到深,洞里挖土的、装筐的、挑担的,热闹非凡。芳琼选择了挑土。她想着要表现得好一点,兴许能早点回城呢。可是城里的女孩子,杨柳细腰的,还是不如村里同龄女孩子有力气。

何木生都看在眼里,劳动休息的时候,他悄悄地挨近芳琼,向左边看去,有的人从兜里拿出玉米饼来吃,再转头向右看,有的人拿出一小块煎饼吃,都在补充体力。何木生送给芳琼两块光头饼干,这是稀有的东西。

"村里人家生活很困难,你家也不例外,哪里来的钱买这东西?"芳琼惊奇地问道。何木生说:"去年,分红时我家得到几十元钱。"何木生说道。芳琼一手自然地接过光头饼干,一手摸了一下挑担子时被压得红肿的肩膀。

芳琼劳动时,将两个装满了土的筐猛劲挑起,腰椎像闪电似的扭伤了。

第二天,何木生发现芳琼没来出工,知道她伤到了腰。何木生约了两个从小和自己一起长大的小伙伴。他们拉一台胶轮手推车,来到芳琼的住处,何木生伸出双手,手掌心由里往外一翻,打个手势,调皮地说:"芳琼,让两个小兄弟扶你上车吧,去八里外的卫生所看一下,拿点药。"芳琼也只好听从安排。小伙子们争先恐后去扶芳琼。上车后,前拉后推的,车轮不停地转,由于土路高低不平,芳琼躺在车上,身体有时被颠得挺高,她咬着牙,忍着腰疼,心中却充满谢意。至今,芳琼也没有忘记她坐过的最小的、最温暖人心的，也最难忘的胶轮手推车。

招工、招生对于芳琼来说遥遥无期，好像她已被人遗忘似的。这种在精神上的苦恼，对一个姑娘来说是无形的压力。村里的人交头接耳地议论起来，"芳琼很难走了，不如嫁给何木生算了，他人又那么好。"这些话或多或少也传入芳琼的耳朵里，为了避免别人的闲言碎语，芳琼思索了很久想了个办法。

转年开春时，听说城里老邻居董娘家搬到六道河子来了，芳琼请了两天假。六道河子离这里有二十多里地，董娘是一直看着自己长大的，再说这附近也没有什么亲属，去董娘家也就成了芳琼最大的盼头。芳琼胆子很大，早晨七点钟就出发了，心情从来没有像这天这样愉快过！走到半路时，何木生出现了，又送她两块光头饼干，什么话也没说，默默地护送她走了一段难走的山路，前面的路是二山夹一沟，也是丘陵地带，没什么危险了，何木生又看了芳琼一眼，转身就走了。

芳琼望着青草甸中挺起的野百合，在青翠娟秀的叶片中，开出一朵橘红色的、六片花瓣的花朵，这朵鲜艳耀眼的花里含有六根细细的花蕊，亭亭玉立，飘来一股清香。走到岔路口处，又有数株野玫瑰出现在眼前。芳琼情不自禁地奔向那正开着的深粉色玫瑰花，看到美而不娇的花容，观察到枝干上有许多芒刺和嫩叶护着它，春风微微地吹着，花枝轻轻地摇摆着。这春风唤醒了芳琼。她兴奋地脱去一件长衫，搭在胳膊上，露出里面那件浅粉色紧袖口的小衬衫，如同野百合花一般，又像野玫瑰一样自然地绽放……恰似伶俐的小鸟一样展开一双俊俏轻盈的翅膀，乘着迎面吹拂的清风，飞过山岗，飞过田野，飞过波光粼粼的河面，随着荡漾的春风悠然而去！

· 第四章 ·

邻居董娘家

芳琼站在山坡上,远远望过去,一排排的红砖瓦房,那是六道河子了。那里还有黏土矿,出产特有的白色黏土,专做耐火材料,供给冶金行业用。

芳琼不知道董娘家具体在哪里,边走边问。看见一个伯父便问道,"您知道一户姓董的人家住在什么地方吗?"伯父摆摆手表示不知道。路过黏土矿厂门口,芳琼去找守门人,问守门的叔叔认识一家姓董的吗,守门的叔叔明白芳琼的来意,站起来走到门外大声地说:"孩子,那家人住在前边左边第三栋的第一户。"他用手指了又指。芳琼走了十几步回头看看,那位守门的叔叔还站在那里目送着自己,这个善良人,芳琼向他招手表示谢意。

芳琼心里想,自己突然到来,会怎么样?若能给董娘带点礼物那该多好。可是她身无分文,两手空空的，她想着把外衣送给董娘，可是一看手臂，才发现自己只顾着兴奋奔走，不知啥时候外衣已经丢掉了，丢在山里或是路旁。

芳琼虽然有点懊悔，但不影响去见董娘的心情。她按照守门叔叔的指点，穿过几条沙土路停在一家门口。门没有锁，透过半开的门能看见一个妇女的身影，芳琼猜出她是董娘。

芳琼把身上、鞋面的尘土用手轻轻拍打，抖落几下，轻轻敲了两下门，喊着"董娘"！只见中等身材的女人转过身来，这位面带皱纹的人愣了一会儿，大大的眼睛已没有以前那么光亮。"我是芳琼呀！不认识了吗？"芳琼说道。

董娘家搬走时，芳琼也就十一二岁，现在都十七八岁了，难怪不认识了呢。但芳琼小时候的模样还在，转眼间，董娘惊喜地认出芳琼来了，她快速走过来，紧紧抱住芳琼，用双手抚摸着，细细打量着眼前这个可爱的姑娘。芳琼心里感觉董娘像母亲般温暖。

董娘拉着芳琼坐下，看着这位青春又靓丽的姑娘，欢喜地问："孩子，你这是从哪里来呀？"

芳琼说："我是从小西沟来的，我在那里下乡当知青呢。"

董娘说:"你们这些孩子都下乡了!干农活累呀,习惯吗?"

芳琼说:"开始时不习惯,现在还好。"

董娘说:"真不容易呀,家里父母怎么能放心呢?你爸妈都好吧?"

芳琼说:"都好。是他们告诉我你家搬到这里了。"

董娘握着芳琼的手好一阵子不放下,说道:"孩子,今天别走了,住下明天再回去,我这就给你做饭去。"董娘转身去了厨房。

厨房墙角下有几捆干蒿子,芳琼帮忙抱来点火做饭,亲近地贴在董娘身边。董娘准备做孩子最爱吃的煎饼盒子,现成的煎饼取几张,嫩绿的韭菜切成碎末,先用香油拌均匀,这样韭菜的水分就不会流淌出来了,再把炒碎的鸡蛋和虾皮放在里面,最后加盐,然后用手把煎饼放平,将拌好的馅放到煎饼中间,包成长方形,再用油锅烙至两面金黄色即可。

董娘顺手打开厨房的后窗户,清新的空气穿过堂屋。董娘把烙好的煎饼盒子递给芳琼,芳琼拿着带有清香味的煎饼盒子,吸着流动的新鲜空气,吃得津津有味，这味道很多年以后还记忆犹新。芳琼看出来董娘是那么友善，又那么喜欢自己。

夜里，芳琼睡不着觉，董娘又详细打听了她的情况。芳琼把自己的处境细细地讲给董娘听。董娘听了一会儿说："孩子，你还年轻，今后的路很长，无论遇到什么事都要三思呀！遇到困难要克服，没有过不去的坎。人要有打算，记住，要做自己喜欢的事情，一辈子才不会后悔。"芳琼答应着并默默地记在心底。

第二天清晨早早起来，饭后，芳琼告别了董娘，又回到了下乡的村里，往日的生活和劳动照旧进行着。

・第五章・

雪夜星空的心思

层峦叠嶂的亮甲山,横贯在大地上。关于此山,传说曾经有位抗金英雄征战时,在此山亮过盔甲,故名亮甲山。山脚下有个屯子叫双龙,屯里搬来一户人家,正是小伊秀家。

这年的冬天特别冷。农闲时,有的屯子会请人来说评书。这天晚上,小伊秀跟着大人去前屯听评书。小伊秀穿着母亲做的一双棉布鞋,麻绳纳的鞋底,棉鞋帮是用黑条绒贴的面,又用黑丝绒条圈住鞋口上的扣子,非常好看。走在庄稼地旁的小道上,小伊秀全身使足劲迈着大步,踏着田垄上厚厚的白雪,走起路来鞋底发出嘎吱嘎吱的响声。月光和洁白的雪相互映照着,前面大人的身影看得很清楚,小伊秀紧紧地跟在后面。

评书听完了,小伊秀只记得屋里挂着一盏马灯,大人们一声不响地听着，说书人高一声低一声讲《水浒》中的梁山好汉，有林冲冒雪夜奔梁山等故事，自己好像也没有听懂，只是图个热闹。她意识到自己文化水平太低，书读得少，她感到要多念书，增长知识才能知道外面的世界有多大，有多精彩。

　　回家的路上，小伊秀仰望着天空。深远的苍穹悬挂着无数颗闪烁着的星星，她知道近的七颗勺形星星中明亮的是北斗星，正头顶上均匀摆着的是三星。三星在头顶上时，乡下人就知道现在已经是午夜了，它是报时钟。深远处有一条白色光带，光带中夹着许多小光团，那是银河。数不清的星星，大大小小、远远近近地闪烁着，低的像要摇摇欲坠，高的忽闪忽闪地眨着眼睛。这么多好看的星星让小伊秀不断地抬头望着，大人们走路步伐比较快，小伊秀只能加快脚步紧赶慢赶地跟在后面，还没有找到牛郎星和织女星呢。董永和七仙女的故事常常听大人们讲起，小伊秀心想，难道星星也有自己的家吗？

　　回到家里，小伊秀脱去母亲做的棉鞋，扫掉鞋上的清雪，放在门旁。她想到子豪哥哥送的鞋了，急忙打开柜子，拿出子豪哥哥送的那双墨绿色帆布胶鞋，仔细地看着,看了好一会儿。她头贴着枕头,和衣躺下,却没了睡意。

小伊秀逐渐长大,开始思考问题了。她想到第一次遇到子豪哥哥的情景,想到子豪哥哥第一次来到小西沟她的家里,送给自己这双可爱的墨绿色帆布胶鞋。他看见自己脚上穿着裂缝的鞋,就记在心上了。想到子豪哥哥第二次来到小西沟她的家里时,自己拄着拐杖,一点一点小心地挪着,多么想挨近子豪哥哥坐下。想到自己把小时候喜欢的小花纸,拿给子豪哥哥看时,他那复杂的神态,至今自己还没有琢磨透。

想到这里,小伊秀又坐起来了,拿起子豪哥哥送的这双墨绿色帆布胶鞋,顺着两排扣眼,把鞋带重新整理一下,轻轻地摸着鞋带系成的蝴蝶结,辗转反侧。

子豪哥哥那边不知怎么样了呢?是否还记得我?

实际上,子豪已经在工厂里当学徒工了。他白天正常上班,晚上回到宿舍专注地学习大学的全部课程,把自己宝贵的时间都投入学习之中。他深刻地体会到,知识是有连续性的,没有这些系统的理论基础知识,线路图是看不懂的,难以正常工作,更不用说胜任自己的岗位了。

宿舍里火墙烧得很热。子豪放下手中的笔,去火墙边烤一下双手取暖。这时,他又想起小伊秀,她的家搬到哪里去了呢,他百思不解,心情纷乱,于是披上大衣走出屋子。

冬天的夜,地上铺了一层厚厚的雪,单调的色彩,如同白玉。抬头望去,星星眨着机灵的小眼睛,好似小伊秀正羞怯地看着自己。一轮圆月正高挂中天,他想这月圆人未圆,就把这圆月藏在心里,时间无情,可是他有情。皎洁的月光下,放飞心绪,子豪决定待转年天暖时,去小西沟芳琼那里再打听一下小伊秀一家人的消息。

· 第六章 ·

花落村庄

　　芳琼从董娘家回到村里时，心里想了很多。现实的生活中，客观的条件限制了自己的发展，没有了劲头。她觉得有何木生陪伴在身边已是很满足了。芳琼每次出工铲地时，汗水都从脸庞边头发上不停地流淌下来。这时，她将锄杠使劲甩出很远，铁锄头落进土里，她半低头用力铲着地、松着土，再抬头时发现这一条一眼望不到边的长垄，总有半边被何木生代铲完了。何木生每天扛着锄头跟在芳琼的后面，挨着芳琼的那条垄出工，只有这样才能帮得上芳琼。

　　何木生有着强壮的体魄，双手长满了厚厚的茧子，铲起地来不费什么力气，一会儿就把芳琼落下，消失得无影无踪了。等到劳动中途休息时，何木生仍然会送给她两块光头饼干，补充体力。芳琼接过光头饼干，看见何木生穿着的蓝色单布衫，已被太阳晒得变成深浅不同的颜色了。芳琼想，以后有机会要给他买一件新的，然后低着头对何木生说："你总是帮我铲地，对不起，挨累了。"何木生只会说："哪里，别这么说。"

后来，春节回城探亲时，何木生准备好几十斤新磨出的大米让芳琼带回城里去给家人吃。

芳琼知道何木生对她是怎样的忠诚。只要自己有难处，需要帮助的时候，何木生总能出现在眼前。芳琼也知道若与何木生结婚，就等于放弃了自己的前途，将要在村子里陪伴他一辈子。村子里也有人议论，芳琼有文化长得又好看，嫁给何木生有点可惜了。芳琼陷入沉思与两难中，芳琼认为自己欠了何木生的人情债，心里很不安，又觉得没何木生陪着也非常寂寞。

一天，何木生感冒了没有出工。村民们议论着，芳琼在旁听到了，可是她并没有去探望。何木生病好了以后，去看了一下芳琼，发现她心神不定，烦躁不安。何木生不知她遇到了什么事情或什么人，他总是在为芳琼焦虑。何木生心里喜欢芳琼，但是他并没有左右她生活方式的想法。看到眼前这情景后，何木生出门走在回家的路上，脸上有泪滑落下来。何木生感觉到芳琼的心里没有他，他没能占据她的心，他和她不是在恋爱。何木生难过极了。

就在这时,子豪又来到小西沟,给芳琼带来了她要的书,同时打听小伊秀的音信。休息了一会儿,子豪和芳琼两个人攀谈了起来。

子豪说:"这漫长的岁月,加深了我对小伊秀的思念,有时我都不能克制住我的情绪。"

二人说到何木生时,芳琼对子豪敞开了心扉。

芳琼认真地说道:"对于何木生,我的心重在感恩,没有恋爱的感觉。我心里也知道,恋爱和感恩自然不是一回事,不能混为一谈。"又说:"我愿意动脑思考问题,是有追求有目标的人。何木生吃苦耐劳,没有念过书,是个憨厚、淳朴、善良的人。我们两个人的性格和追求不一样。"

子豪了解芳琼是个什么样的人。按照芳琼的性格,尤其是谈婚论嫁的大事,她会从从容容地去谈一场恋爱,寻找一个有共同语言的人,有追求的、兴趣相同的人,共度人生。

可是,事情并不像子豪和芳琼想象的那样简单。芳琼在村里一待就是几年。她时而思念敏纯,和敏纯在一起的点点滴滴都那么值得留恋,她时常拿出敏纯送给自己的那副劳保专用的皮手套,看了又看。可是她总觉得敏纯对自己没有什么真情实意,只是朦胧的好感而已,加上这离别的时间让思念慢慢淡漠下来,好像就要抹去了似的,心里十分难过。

"回到眼前吧。在这里,只有何木生对我最关心了,他的忠厚、善良可不是伪装的!他不企图别人给他什么好处。"芳琼对子豪深情地说道。

其实,村里喜欢何木生的人也很多。

芳琼与子豪谈着谈着,两个人各自都陷入了苦恼中。

子豪表示,自己几乎每天都在思念小伊秀,如今寻不到她的去处,不知道她家为啥要搬走。芳琼见到子豪对小伊秀那么真诚,忽然间感染了自己。眼前的何木生,对自己那么诚心诚意,这么多年了,一直没有改变过。

在这一刻,芳琼产生了与何木生完婚的想法!

是冲动还是迁就?今后和何木生将有什么样的结果无法预知。

此时,何木生走进屋来,子豪见到何木生非常高兴。何木生对子豪很信任,像见到亲人一样。听了一会儿,认真地说:"我愿意帮你打听小伊秀的消息。"他停了一会儿,努力地整理了一下思绪,看着芳琼说:"我愿意给你一生的幸福,为你遮风挡雨。如果有一天你不愿意和我在一起,我也不会后悔。"何木生把憋在心里很久的话,终于说出来了,说得那么纯朴自然。芳琼看着何木生,犹豫了一会儿,默默地点了点头。子豪看到何木生的样子,就知道他是个老实人。

没有比这更真的了,子豪心中就是这么想的。他希望芳琼珍惜何木生这个难得的好人。真是心照不宣,三个人互相看了一眼,都明白了。

就这样,芳琼暂时搁置了学习和理想,与何木生成婚了。

子豪从小西沟回到城市,时隔一年多,迎来了这一年的秋天。季节的变化也没有影响子豪寻找小伊秀的步伐。他要去芳琼那里继续打听消息。

子豪来到小西沟。走进一家院子里,院子的一角是菜园子。地里的茄秧上挂着紫黑油亮的茄子,架子上爬满了豆角秧,有好多豆角垂吊在那;南瓜秧上结了瓜,金黄色的又大又沉的南瓜压在垄边;靠栅栏处有几垄高粱也变红了,沉甸甸的;紧贴栅栏根的地方,数不清的红姑娘果挂满了秧上。可见，院子里一定是住着勤劳持家的主人。

这家的主人正是芳琼和何木生。子豪来到房门前，轻轻地敲了几下门。芳琼走出来了，非常兴奋地迎接子豪。子豪看了一眼芳琼，她已不是往日的芳琼了！她面孔瘦了一圈，也变得憔悴，但她的眼睛和脸庞仍然很美。

芳琼幸福地领着子豪进屋，来到床边摇篮这里，专注地看着摇篮里边的婴儿，说道："这是我的儿子亮亮。我整天带孩子，哪儿也去不了。子豪你来了，我像是又想起户里的日子了。"芳琼喃喃自语，唠叨个不停。

何木生回来了。他看到子豪的到来，喜不自胜，凑到跟前，亲切无比。儿子亮亮的出生，给何木生带来巨大的惊喜，让何木生脸上沐浴着满满的幸福感，眼里饱含着温情，充满了慈爱。他深情地望着孩子，他看到了希望。他告诉子豪："孩子能降临到我的家，是我的一大福分。我生活条件再差再苦，依然会尽可能地创造条件，陪着孩子，慢慢带着他长大，让他像你一样成为有知识、有出息的人，弥补自己的不足。"

子豪相信何木生会拼尽一生的努力,做好这一件事情。

说话间,勤快的何木生已把饭菜准备好了。他马不停蹄地忙着,拿出几个老旧的蓝花瓷碟子,碟边有的还带裂纹缺口,但都洗擦得很亮,碟子里装着子豪爱吃的、蒸熟了的金黄色南瓜。紫茄子,带皮的土豆,煮好的黄玉米和土豆片炒青椒,用鸡蛋炸的酱,配上特有的稗子米饭和胡萝卜豆腐汤,都一样不少地端上来了。

最让子豪感到惊奇的是小时候喜欢的筷子出现了,一双用青白铝包着小帽头的筷子。子豪拿起这双小时候最喜欢的铝帽竹筷子,反复观看了很久。芳琼在旁边看出子豪的兴奋和满意,也从心里感谢何木生为子豪精心准备的饭菜。三个人无比高兴地吃起饭来。

饭后,何木生凑到子豪耳边悄悄说:"听说,小伊秀家搬到几十里外一个叫亮甲山的山脚下的双龙屯那了。"子豪激动得满脸涨红,双手揉着头发,之后举起拳头用劲打了何木生几下说:"你怎么不早说呢?"何木生像小时候那样做了个怪脸,调皮地说:"我告诉早了,你不吃饭就走了,我不是白做饭了吗?就想留你吃完这顿饭。"

这时，子豪急得马上站起来说："回头见！"就告别了芳琼和何木生，也不问是从哪里得来的消息。他太相信何木生了，鞋带都没系紧，就迫不及待地出门走了。

子豪走了以后，芳琼的心也在燃烧！

芳琼心里想着、盘算着，婚也结了，孩子也生了，可自己还年轻，不能就这样平静地生活下去，自己还要有目标，有奔头，要带着孩子一起去追求。

她听说邻居董娘也回城了，在街道办工作，何不找她商量一下。自己虽然失去了上学的机会，但是，要有份工作才行啊！

芳琼等到孩子一岁半的时候，向何木生提出自己想暂时离开家几天，去城里一趟，再一次拜访董娘，寻求一份工作。孩子放在家里先由何木生看护，她相信何木生会细心煮小米菜粥和蒸鸡蛋糕喂孩子的。芳琼给孩子准备好日常生活用品，红底粉花小被子、金橘色小毯子、一套白底印有黄色小狗图案的衣服和另一套乳白色套印蓝色小卷云的衣服，整齐地叠好，小帽子放在旁边。洗好的小碗、小勺、小水杯，用纱布盖好。

再看看熟睡中的孩子。芳琼看着孩子的小脸，自言自语地说："孩子呀，你怎么会知道，妈妈要离开你了？可爱的小宝贝！"看着那睡熟的小眼睛，眼线长长的往上翘，细小整齐的睫毛有时在微微地动，宝贝小嘴也在不断地动着，两边圆润的耳朵有着肥厚的耳垂，软软的头发贴在额头上。芳琼用手轻轻地捋着，再摸摸细嫩的小手小脚。芳琼从上往下看着孩子，心里想就是暂时离开几天，怎么就那么难，那么不舍呢？

最后，芳琼还是狠了狠心走了。

进城以后，芳琼很快见到了董娘。这位慈善的长辈见到芳琼还是像见到亲姑娘一样亲，她看出眼前的芳琼变化很大。芳琼很羞涩地说出了来意，提出自己的想法和要求。董娘看了她一眼，想了一会儿说："我找找机会，工作很难找。"芳琼表示临时工作也行，工种不挑，干啥都行，只要能回城有个活干，能生活就行。

工作一时没有着落，芳琼只好住两天等一下消息。

七天了，日子难熬啊！芳琼想着在家的孩子。走路见到别人家同龄的小孩哭，就像自己孩子在哭；看见别人的小孩在笑，就像自己小孩也在笑。她忍着内心的焦急,想着这次要是等不到消息,回去再来就更难了。

董娘真是把这件事放在心上了,费心到处不停地求人帮助找工作。终于有了消息,她立刻通知芳琼来一趟。芳琼兴奋极了,一路小跑来到董娘家。董娘告诉芳琼说:"街道家属厂有个临时工的机会,工种暂时不能定。"芳琼两眼盯着董娘的脸,专心地听着。之后,她马上向董娘保证说:"什么工作都可以,我不挑。"谈过后,芳琼深知董娘是可以信得过的人,回城的事终于有了眉目,心里激动得不知怎么感谢这位恩人。现在急切的心情,就是快点回家看自己日夜想念的孩子了。

夏天,空气中没有一丝凉意。芳琼看了看东方的朝霞,趁着太阳还没有出来,抓紧时间赶路。七十里路,有点远。想到日夜思念的孩子,第一次离开自己这么长时间,就急着迈开大步奔向城外,朝着乡下家的方向走去。

芳琼没有走过这条路,只知道大的方向没有错。随着徐徐升起的太阳,心情舒畅得很。芳琼迈着大步,一个劲地往前走。当走完二十几里大路时,前面出现了山路。重重叠叠的山,弯弯曲曲的路,来到了大自然向她张开的山口。这路窄得只能走一驾马车,路两边茂密的灌木丛后面,参天大树挡着阳光,让路和天空有点灰暗。

芳琼步伐不稳,手遮住冒汗的前额,有点心慌,担心从树林里突然间蹿出只狼来!她以前听老人说过狼若真的来了,马上往地上扔件衣服可以赢得时间,让自己可以趁机跑得远点!想起以前外出时,有何木生明里暗里护送,现在自己一个人走路,前后不见任何人影,她心跳加快,心像要从嘴里蹦出来似的!没有别的选择,只有快点走!家里的孩子还在等着自己呢。芳琼鼓起勇气,加快脚步,嗖嗖嗖,飞快地走着。

十几里的山路,芳琼不断地回头,左右不停地看,不到两个小时就狂奔了出来。虽然走出来了,腿还在打颤。后来芳琼想起这件事时,联想什么情况都会发生,不是遇不到,而是想不到,也很难相信自己当时会有那么大的勇气,应该是母爱的力量,母亲对孩子的爱,没有任何东西可以阻挡,只要孩子需要,她可以无条件地奉献。

太阳快落山了,天空还有些明亮。七十里的路程,芳琼也要走完了。

离家门近了。芳琼三步并成两步,迫不及待地推开了门,想一手抱紧自己的心肝宝贝!看见站在眼前的小宝贝,芳琼拍手喊他、叫他,孩子不来也不走,愣愣地站在那里,小眼睛不停地望着她。芳琼喊了又喊:"我是妈妈呀!怎么才离开七天就不认识了?"孩子在原地站了好久,好像对她既熟悉又陌生。

突然间,小宝贝想起来了,箭似的扑向妈妈的怀里!这一刻,谁也别想把他抱走。孩子认出妈妈了,芳琼紧紧地抱住自己的心肝宝贝亲吻着,那肉乎乎、软软的小身体贴在妈妈的怀里,只有做过母亲的人才能体会到这幸福的滋味。过了很久,芳琼才放下小宝贝。可是,孩子小手牵着妈妈的衣襟,寸步不离,害怕妈妈再离开。

生活就这样往前进行着。

芳琼与何木生进城前,何木生向芳琼提出先进城一趟。子豪进城工作也挺忙的,挺长时间没有来了,何木生深感他对自己和芳琼的情深谊长,感激不尽,准备去他那探望一下。

几天以后,何木生拿出扁担和两个铁桶。一个桶装满了黄豆,一个桶装满了自家磨的面粉,虽然又粗又黑,但在当时算是好面粉了,这两样东西加在一起得有八十多斤重。芳琼看见何木生右手抓紧扁担前边的绳钩,钩住黄豆桶,左手把另一个绳钩挂住黑面桶,将扁担放在肩上稍一起身就挑起来了,好像不费力气似的。他迈开矫健的步伐上路,朝着城里方向走了。

何木生边走边看这秋天的景色。农舍的房檐底下,挂着一串串红辣椒和编好的大蒜头;横杆上搭着用玉米叶拴好的黄、白玉米棒。院子绳子上晾着西葫芦条、茄子条和绿豆角丝。窗台上晒有土豆片、黄瓜片。这些都要留到严寒的冬天吃。何木生路过这些地方感到很亲切很熟悉,就像自己家的景色一样。

这时,何木生已经不知不觉地走了三十多里路,还有几十里路要走。天上没有雨,可是身上的衣服却像雨淋过一样,都湿透了,那全是汗水。他来到一棵树旁的一块石头上坐下,看着农舍院子里的一派丰收景象,心里甜蜜蜜的。

休息一会儿,又听到屯子边一家人传来棒槌声,是农家妇女利用农闲时节拆洗被褥,用米汤浆好被褥单晒干后,把它放在木板上,双手举起棒槌反复敲打传出的声音。这种特有的熟悉的声音,像鼓点一样催促何木生起身,何木生挑起担子继续赶路。

说起敏纯,那一年从集体户走了以后,跟着父母下乡去了大山里的马鞍岭村。他父母都是医生,按照"六二六"指示,下乡到马鞍岭村,为广大村民服务。马鞍岭村当时在深山老林之中,交通不方便,出来一次极为艰难。其实,敏纯离开集体户不久,就非常想念芳琼了。只是不知道芳琼心里是怎么想的,是否喜欢自己,就没有冒昧地给芳琼写信。可是,敏纯心中一直想着芳琼,眷恋着她。敏纯有时也想,芳琼还年轻,要为她的前途着想,恋爱早了会影响芳琼的精力。这就是芳琼与敏纯两个人之间朦朦胧胧的爱,非常含蓄,洁白无瑕。敏纯离开集体户时,对芳琼没有明显的表达,以致后来芳琼对敏纯又产生了误解。

几年时间就这样过去了。敏纯白天和父母一起去村里下地劳动,晚上回到家里在煤油灯下坚持看书,煤油的烟把他的脸和鼻孔都熏得黑黑的。数学、语文、外语等课程都按部就班地复习着,等待有机会上学继续深造。

敏纯是个不认输、永远不会改变目标的人。可是机会一直没有到来。眼前，自己没有什么进步，也就没有脸面去见芳琼及同学们，就这样，他将自己封闭了几年。有时，他也后悔不该跟随父母走，离开了芳琼和同学们，他觉得他像是失了群的孤雁，真的很孤单。虽然每天和父母在一起，也抹不去这种感觉。敏纯实在是想念芳琼和同学们，他们是否还都在那呢？他们怎么样了？自己也有些没完没了的烦恼，他决定，一定要回集体户看看去。

在夏锄结束的农闲时分，庄稼长了一人多高，村民终于不用去地里干农活了。

一天清晨，天刚蒙蒙亮，村里有一辆马车要去拉货，敏纯搭乘这辆车一起出村了。这辆马车沿着大道而去，扬起的尘土飞向半空。赶车的人哼着小曲，甩着皮鞭子，只见鞭绳在空中甩着，又画了一个圈，然后鞭梢清脆地在右边拉套的马耳边响一下，拉车的马听懂了赶车人的鞭声，马和赶车人之间好像在用约定的语言沟通着。马车路过敏纯与村民一起种的那片绿油油的庄稼地，敏纯的心情愉悦极了，这也是他到马鞍岭村后第一次走出大山来，他兴奋地奔向离开了几年的集体户，就要看见日思夜想的芳琼和同学们了。

马车走了五六十里路,敏纯要下车改坐汽车。在汽车上,他吃了自己带的玉米面饼子和萝卜条咸菜。下午一点左右,他终于到了开元村,这个小站他是那么熟悉。几年前他就是从这里走出去的,这里距离集体户还要步行约八里路。望着越走越近的小西沟,自己生活过的集体户,敏纯脑海里出现了芳琼在场院大豆垛上劳动的情景,想起芳琼做的大米饭油汪汪的还没有锅巴的场景,自己主动帮厨的情景。酷爱写诗的子豪,又写多少首诗了呢?耳边响起他高声朗读的声音——《集体户》:"播种风吹美梦残,锄禾汗打紫罗衫。开镰六垄田中暖,马走场院户外寒。炮打悬崖南北岭,刀逢朽木无名川。横笛送走星星月,美梦迎来日日天。"又想到安民是不是还拉着他喜欢的二胡,朵朵、李群她们都在干什么呢?

这个他曾经劳动过、生活过的热闹地方,他多么想快点回到那里啊。敏纯立刻加快脚步,走到通向小西沟的土路上,路两旁的白杨树仍然整齐、挺拔向上,树叶更茂盛了。这时,远远地望去,从村口走出一个人来,走近一看,啊!是安民的弟弟阳光。阳光以前常来户里,大家都熟悉。

敏纯大声喊:"阳光!"阳光一看是敏纯,就敏捷轻快地直奔过来,与敏纯紧紧地拥抱在一起。两个人双手用力地互相拍打着对方,站在树下说起话来。

阳光说:"你这一走好几年,也不与我们联系。都好吧?"

敏纯说:"都好,就是太远了,在深山里,交通不太方便,没啥事情也不出来。阳光!你来户里玩了,户里人都好吧?有没有因为招工走的?"

阳光惊奇地看敏纯一眼说:"你真不知道吗?户里一个人都不在了!"

敏纯立刻愣在那里!

阳光继续说:"我哥安民和子豪、朵朵、李群都因为招工进城了。"

敏纯急忙问:"那芳琼呢?"

阳光说:"要说芳琼呀,那话就长了。"

"你快说呀!"敏纯急切地追问着!

阳光用右手遮着半个嘴,小声地说:"芳琼几次招工都没有走成,原因你也能猜到几分。户里就剩下她一个人了,很难哪!她想了很久,决定与何木生结婚,现在过得很好。"

他一五一十地说着。敏纯听到这里,头晕脑涨,嘴里不断地自言自语,怎么会这样?怎么会这样呢?

敏纯看到近在咫尺的村庄,原地踟蹰了一会儿,却不想走进去了。

敏纯认为自己来得太迟了,不断地搓着双手,乱了的心在翻腾着。他想,当初要是表明自己的态度,让芳琼无论如何也要等着自己,可能就不会是这样的结果了。可是,现在哪里还有什么可是?那时表态怎么会认为太早了点呢?他后悔自己就是这样犹犹豫豫地耽误了终身大事。一个人要是走进另一个人的世界里,带来的无论是爱还是恨,对彼此都很在意。现在不能错怪芳琼不主动来找自己,而是恨自己失去了芳琼。敏纯只能把爱恋芳琼的一颗心封起来,深深地埋在心底了。

敏纯问阳光:"你来这里做什么呀?"

阳光说:"我们户同学们大多数也因为招工回城了,我也没地方去,有时间来这儿看一下芳琼。"

"啊!是这样。"敏纯说道。

阳光说:"我陪你再回村里一趟。"

敏纯说:"阳光,我不用去了,同学们都走了,芳琼又成家过得挺好。我现在和你一起走,到你那看看,住一夜,之后回马鞍岭村。"

敏纯没有走进村庄,带着失望和刀绞似的心情,头脑模糊一片,就这样跟着阳光一起走了。

・第七章・

小伊秀的出现

自从何木生给子豪带来小伊秀的消息,子豪就感到从来没有过的快乐。子豪回到城里,忙完了工作,请了几天假,按照何木生的指引去寻找小伊秀。

清晨,子豪站在高高的山岗上,身披万缕霞光,怀着喜悦的心情,很快地走出几十里路。他朝着西北方向,来到了名叫关马嘴的地方,土路不宽,两边是庄稼地,走走看看就到了丘陵地带,再朝前走时逐渐进入山区。子豪抬头看,前面有一座高山挡住了去路,走到近处了才发现,人们不知什么时候,从山中间劈开了约有五米宽的路,铺展开去,两边是悬崖峭壁,岩石裸露,特别壮观。人走进去,显得尤其渺小,若从高处往下看就是一个小小的黑点。子豪沿着悬崖边穿过眼前这条险路,就是当地人常说的关马嘴。子豪走过后,感到真够险的,仍然不停地回头张望着看。

　　走出关马嘴这段路,视野开阔,顿时感到豁然开朗,在蓝天白云的映衬下,子豪心旷神怡。子豪屈指算起来,与小伊秀好几年没见面了,没有地址写不了信,更谈不上打电话。这么长时间里,忧虑和思念在心里积压,备受煎熬。现在,见到小伊秀的愿望就要实现了,希望她再也不要逃走了。想到这,子豪走得更快了些。

　　眼前是一马平川的田野,再往前看,西北方向远处横卧一座两边伸延很长、中间有两个主峰、云雾缭绕的山,山峦重叠起伏,这正是何木生说的亮甲山。民间都传说,抗金英雄岳飞曾经在此亮过盔甲,子豪也无法考证这事。越走越近,子豪仔仔细细地观察眼前的这座山,距离自己有几里的路程,有着山似眉峰聚,云似薄纱飘的美景。

　　子豪来到山脚下,双龙屯出现了。屯前边有两行长长的松柏树,好似两条青龙在守护这个屯。子豪没有遇到太多的困难就找到了小伊秀家。

　　类似以前住的那两间草房一样,院中栽了同样的一棵小树,酷似老地方,子豪确信就是这里了。子豪围着房子转了几圈,一步一步地靠近栅栏边,没有急于推开门,静静地守望着。

好一阵子,大门吱的一声打开了。子豪眼前出现的正是他魂牵梦绕的小伊秀,当年那个挎着小篮子挖野菜的小姑娘。现在,她上身穿着乳白色小衬衫,下身穿件紫罗兰色的薄裙,腰间一条裙带随风轻轻地飘着,头的后面偏右上一点挽起一个发髻,佩戴一枝浅紫色的小野花,和那薄裙子颜色相互映衬。她长高了,是个明眸皓齿、亭亭玉立的少女了。她手拿着洗完的衣服正要晾晒,那双会说话的眼睛因为专注晾衣木杆的方向,屯子里的人又很少来回走动,小伊秀自然没有意识到栅栏外边有人存在。子豪想走过去,又怕惊到她,原地耐心等她走过来。

"小伊秀。"子豪还是忍不住低声轻轻地对她呼唤了一声。

小伊秀敏捷地转过头,猛然看到子豪哥哥到来,惊呆在那里了。只见她两眼含情脉脉,止不住的泪水顺着脸庞立刻流了下来。她宛若天使般地朝着子豪的方向奔来,娇媚柔弱轻轻地喊道:"子豪哥哥。"子豪强烈的爱意涌上心头,盼望已久的人啊,梦幻般地出现在眼前！两颗相爱的心激动地跳着！两个人倾心爱慕，却都没有过多地说话。

其实，羞怯的小伊秀对子豪的爱，早已潜入她的心扉。此时，子豪虽然隔着栅栏，可是爱的暖流从心里早已奔泻出来，他找不到要表达的语言，就是想自己再也不要离开小伊秀了，要为她守候终生。虽然几年没有见面，但两个人却像从来就没有分开过一样，这就是子豪日夜思念的那个人，这种场面好似早已定格在那里，就等他的到来。其意殷殷，其情绵绵，陶醉，化入幽深，化入宁静。

小伊秀只轻声喊了一声"子豪哥哥"，屋里的母亲就听到了。"小伊秀！你和谁说话呢？"屋内的母亲问道。

"我和喜鹊说话呢！"小伊秀调皮地说。人们常说，喜鹊到，喜事到，喜鹊飞来是报喜的。

大门吱的一声又打开了！小伊秀的母亲当真也来看喜鹊。

当小伊秀的母亲看见小伊秀把子豪领进屋里时，脸上无法掩饰地露出惊诧！这时，子豪正一脚迈进门里，一脚还在门外，就很尴尬地停在那里。

子豪看出母女俩脸上的表情是截然不同的，敏感的子豪立刻明白小伊秀一家为什么搬走了。小伊秀的母亲冷冷地对待他，子豪看出她的脸色有点难看，立马猜想出她是担心城里人会欺负小伊秀，她不了解他，也不大信任他，这也难怪，因为她和他几乎没有接触过。所以，小伊秀的母亲有意带着小伊秀躲了这么长时间，搬到这么远的地方，小伊秀的母亲看到这个小伙子还是想尽了办法找过来了，显然不是很高兴。

子豪是干部子弟，社会地位、家庭经济等各方面条件虽然都比较优越，但子豪本人是比较藐视门当户对的思想的，他认为这是社会上存在的一种不正确的思想，这种观念在老一辈的头脑里根深蒂固，很难根除，要想解除这种思想，是要有个过程的。

子豪是有文化、有知识的年轻人，他具备优秀的品质和良好的综合素质。子豪理性慎重地考虑过，对小伊秀的爱是发自真心的，他喜欢小伊秀那洁白无瑕的心灵，那天真无邪的样子。子豪想要的是一生幸福，是对自己所爱的人负责任。为了爱，什么也挡不住，子豪放下所谓的地位和虚荣心，克服来自家里和周围人对爱的偏见及带来的障碍和阻挡，他早就有了心理准备。

想到这里,他坦然地迈进屋子里,高兴地叫一声:"婶婶,你好!"小伊秀的母亲对他只是点了点头,和以前他去小西沟家里的态度截然不同。屋里静得像没有一个人似的,小伊秀见到母亲的表情,马上凑上前去呵呵一笑,递给她一个眼色,意思是母亲您可别这个样子啊!小伊秀请子豪哥哥坐下,赶紧倒一杯热水来,她和子豪对视着笑了笑。

子豪和小伊秀的母亲聊天简直是一种痛苦。但是为了爱,这件事情必须做,而且还要做得好,要让她支持自己。子豪认为她思想深处充满着不放心,认为她家里穷,一贫如洗,配不上城里干部家庭、富裕家庭的孩子,认为长在城里这样良好家庭的孩子不可靠,由此产生不信任等误会。

子豪首先开口,他沉稳地对小伊秀的母亲说:"我的父母从小也出生并生活在农村,只是读了点书才有机会到城里工作。父母的工作非常辛苦,经常回不了家,有时连饭都不能及时吃,孩子更是照顾不上。靠的是大孩子做饭、干家务活,同时来照顾小的孩子,邻居也经常帮忙。希望您了解一下我家的情况,更希望您对我有所了解。"

子豪就这样耐心地坚持谈了下去,没有别的选择。只能一点一滴地渗透,慢慢地觉得谈得融洽些了。小伊秀的母亲也是淳朴善良的人,她在小西沟住时,多少知道子豪的一些表现,村民对他评价都很好,现在她又被子豪的真诚感动,她说:"因为我家经济条件不好,回想起小伊秀那次腿做手术,疼得满身都打哆嗦,就心里难受。我只想她能找个好人家,找到疼她爱她的人,再也别遭那个罪。今后的日子不管穷也好,富也好,相守一辈子才算好。"

她就希望自己的女儿平安幸福过一生。

子豪说:"婶婶,你放心,我会一辈子照顾好她的。"

小伊秀的母亲说:"我也看出了你们两情相悦,你又是有文化的人,是个讲仁义的孩子,我也就没啥好说了。"小伊秀的母亲心锁打开了!小伊秀和子豪的脸一齐望向她,那期盼已久的眼神,让当母亲的心也融化了。凭她的感觉,她相信眼前这两个孩子在一起会幸福的。但她也没有说更多的话,只是在心里祝福孩子们永远幸福。

傍晚，太阳快落山了。小伊秀的母亲做了几样简单又好吃的家常饭菜招待子豪，子豪心中充满着感激之情。饭后，子豪征得她的同意，和小伊秀出门沿着乡间小路散步去了。

月色清亮而又皎洁。

子豪关切地说："小伊秀，这几年都做什么了？"

"我考入城里中学了，读书呢。"小伊秀自豪地说道。

"在哪个学校？"子豪问道。

"一中。"小伊秀回答道。

子豪惊奇地说："离我上班的地方很近，我竟然不知道，让我找得好苦啊！"

小伊秀看了子豪哥哥一眼说："我母亲带我故意躲开你，原因你也猜到了一些，还有另一个原因，我母亲不让说！"

子豪也没有继续问下去。他看着小伊秀美丽的脸庞和一双会说话的眼睛，真可谓明眸善睐，顾盼生辉。子豪对她有着那么深的爱，把早已抄好的"关关雎鸠，在河之洲。窈窕淑女，君子好逑。参差荇菜，左右流之。窈窕淑女，寤寐求之。求之不得，寤寐思服。悠哉悠哉,辗转反侧"送给了她。

此时,子豪显得有些不自在。对着眼前这个身姿窈窕的小伊秀,那娇嫩的小嘴唇还闪着光泽,子豪心跳在加快!他伸出那双大而厚的手,紧紧握住小伊秀红润白嫩的一双小手。子豪第一次握起小伊秀的手,感到那么柔软,他更觉得这个握手来得太迟,真的太不容易了。从见到小伊秀开始到今天的握手,足足等了几年的时间啊。眼前,不被打扰的相逢,这一刻他们太快活了。握着的手像搭起的喜鹊桥,将子豪和小伊秀终于紧紧地连在一起了。

乡村间,小路旁,夜晚的风儿迎面轻轻地吹,子豪和小伊秀绕着村庄走着。子豪爱好文学,边散步边轻声地给小伊秀讲文学作品里面的故事,小伊秀静静地听着,无形中的爱充满了两个人的心田。

・第八章・

回　城

芳琼带领着何木生和儿子亮亮进城了。

一座座房屋、一条条街道就在眼前。这是她多么熟悉的城市啊，她回来了。一开始，他们先找到了一间平房，房子位置嵌在两户人家房屋山墙中间的地方。看上去像是简易搭建的用来装生活物品的仓库。房子外墙是土坯垒起的，房顶是灰色的石棉瓦。走进屋里，左边是火炕，右边是炉子，中间只能站着三个人。

房子先租下来了，就有了个落脚的地方，有了何木生和芳琼相依相偎的生存之处，有了分秒都舍不得挪开眼睛瞧着孩子身影的地方，有了三个人朝夕相处的家。

第二天，芳琼早早起来，把屋里清扫得干干净净，玻璃擦得明净透亮。玻璃四周有小方格的木框，芳琼把旧的窗户纸撕下来，拿来乳白色的略带不均匀纸浆痕迹、粗糙的新窗户纸,重新把木框方格糊好。然后,随手拿一根白鹅的羽毛,放在旁边青瓷小碗里的豆油里沾一下,连续不断地往糊好的窗户纸上涂抹几下,窗户纸上就出现了油沁过透明的鹅毛形状,多个不规则的鹅毛形象就活灵活现了,既美观,又耐雨淋防止湿透。芳琼还用红色的纸剪了个"福"字窗花,贴在玻璃窗上,这就是温馨的家了。

几天以后,芳琼收拾完家务活,抓紧出门,按照董娘指引的地方,来到一家街道办的家属工厂报到。芳琼看到的是,靠墙摆着一排排装满山核桃的麻袋,排成长队堆在那里,满地都是核桃皮。芳琼的第一份工作就是手工抠核桃仁。芳琼戴上手套,用锤子把山核桃一个个凿开,再拿起锥子把核桃仁抠出来,她和工友们一起欢快地劳动着。工作来得不易,芳琼特别珍惜。工厂要求每天八点上工,芳琼每天七点半就到工厂了,她穿好工作服,戴好工作帽和套袖,开始收拾公共卫生,为工友们打好几壶开水。到了冬天,遇到下雪天,芳琼双手戴着自己用枣红色条绒布做的棉手套,拿起竹扫把,一步一下,用力地把通向厂门前的路清扫干净,为工友们上班走路创造便利条件。

有一天,子豪路过工厂那里,顺便进去看一下芳琼,惊讶极了,这谈不上正规车间,四周墙缝透着小风,还有点乱。他在工人中间找到了穿一身蓝色工作服的芳琼,她在煤炉子旁边取暖呢。子豪走过去和她说话时,看见芳琼手指肚上一道道黑色的裂痕,是锥子划过的地方,细如发丝密密麻麻的。

芳琼看着子豪笑着说:"戴手套有时不灵活,时不时会摘掉它。因为不是每次都能很准确地抠出核桃仁,总会有划到手的时候。"芳琼知道划破的手指肚正是手指上最用劲的地方,工作没有完成前,还需要手指肚的力量,她小心翼翼地摸着它。

子豪心里有些痛,他不愿意再看下去,就好像自己手指肚被划一样的痛。

就这样,干了一段时间,这项任务总算完成了。新任务还没有分配下来,厂长说:"放假了,你们先回家等通知吧。"大家都无奈地回家等着消息。可是,新工作任务不知道什么时候才能到来。

芳琼回到家里,告诉何木生工厂的活干完了,领导让他们回家等消息。何木生安慰她,别着急还有他呢。到了晚上芳琼还是辗转反侧,怎么办?要生活,需要钱买米，买油、盐、酱、醋。

芳琼与何木生结婚比较早，现在儿子已经上小学了，花销自然多了些。一天，芳琼把孩子送到学校门口，目送孩子进了校门。芳琼回头再看时，有的学生背着书包，手里还拎着个饭盒。当儿子放学回家时，芳琼问明了情况。原来有的孩子上学离家远，带上自家的饭盒，到中午吃饭时，教室里炉子小，轮流热饭盒也不够用。此时，芳琼立刻萌生了在学校门口卖盒饭的想法，这既能解决一些孩子吃饭困难的问题，又能挣点钱填补家里的生活费用。

芳琼与何木生说明了自己的想法，等到初夏，天气暖了，经过几天准备，芳琼开始尝试把自己的想法变成现实的行动了。

这一天，只见校门外约十米远的榆树下，一个穿白围裙的女人站在小车旁，小车上放着个木箱子，箱子盖上整齐地摆放两层盒饭，用白色的毛巾盖着。中午放学了，芳琼朝着学校门口方向张望。第一个跑来的是个小男孩，八九岁，胖乎乎的小脸，又白又嫩，眼睛不算大，却很清澈。上身穿着一件圆领黄色小线衣，圆领的边是用黑线织的一道窄杠，身上线衣以黄色为主，每隔几行就有一条黑线配织在里面，织出一道道小细杠。孩子像小蜜蜂一样，闻到香味就飞过来了，喊着："阿姨，这是什么饭和菜？"

芳琼亲切地说："大米和小米在一起焖的二米饭，配有芹菜炒土豆丝，还有半个咸鸭蛋。""多少钱一盒？"孩子问道。"五角钱。"芳琼回道。那时土豆每斤两分钱，芹菜每斤两角钱，生鸭蛋一个也两角钱。孩子买了一盒，跑回教室。隔了几分钟后，来了一小帮人。芳琼断定是他告诉同学们了，一个个小同学不断地飞跑过来，吵吵嚷嚷地争着喊："阿姨，你的盒饭多少钱一盒？明天我们不带饭盒了，来买你的盒饭吃。"芳琼开心地说："孩子们，都别急，明天都给你们带来，别忘了跟爸爸妈妈说五角钱一盒哟。"

芳琼从此以后，又开始了自谋职业。虽然很辛苦，但她背后站着一群天真、活泼、可爱、快乐的孩子。每天看到孩子们的笑脸，自己就非常开心。孩子们想吃干豆腐炒青椒、红萝卜炒粉条、西红柿炒鸡蛋，芳琼都认真做。

一个小学生说："阿姨，我想吃腌的萝卜、咸菜。"

为了满足孩子们提出的要求，芳琼把家里原来储存的红、白两种萝卜干拿出来洗净，一种配上酱油和葱花，一种只配葱花，分别浇点油放在锅里，水开后蒸上三十分钟就熟了。不收钱，送给孩子们吃。过几天再腌制些辣白菜、酱黄瓜等各种小菜，用来调胃口，孩子们中午就盼着这顿饭呢。芳琼还带着针线包，看见哪个孩子衣服裂口子、扣子要掉了，她都赶紧帮忙缝上。她把每个孩子都当自己的孩子看待，若不是生活所迫，盒饭可以不收钱，但目前还做不到。芳琼开心地忙活着。给孩子们精心做饭，这种力所能及的活，让芳琼感到很满意很充实，从中所获得的愉快心情，多于付出的辛苦。

一晃，两年又过去了。突然，芳琼接到家属厂的通知，来新工作任务了。芳琼舍不得这群孩子，最后一次盒饭免费分给了大家吃。考虑到工作相对稳定，她还是高兴地回到厂里去了。厂里分配她和工友们一起糊纸盒。

白天，大家在一起糊各种规格比较大的纸盒子。

晚上，回到家里，大人、小孩一起糊小小的火柴盒，几乎所有的人家都关灯睡觉了，她家的人还在灯下一丝不苟地干活。小小的火柴盒，它没有盖，那是长 5 厘米、宽 3 厘米、高 1 厘米的火柴内盒。同时，还要糊一个外套，这个外套是一个两边敞开的空套长方体。糊好这小火柴盒实在不容易，你看他们一家三口压线、刷胶、拆粘、打条、圈盒、封底，一直在严格按照多个程序分步进行着。芳琼心灵手巧，干起活来得心应手，每天带领家人一起进行手工劳动。那个年代就是糊上千个小火柴盒也挣不了几个钱，要坚持糊上万个才能挣一点点钱，挣点手工费真的不容易。

　　再说子豪吧，他对何木生徒步挑担送黄豆和黑面粉的事情感激不尽，念念不忘和他们的友谊。他这次来到何木生和芳琼家里，主要是给他们送些生活用品的，还有就是告诉他们他找到小伊秀的经过，无论哪件事情都与何木生有关。他把何木生当成亲人一样，几天不见就想去看一看。

　　子豪一进屋，就惊呆了！

　　屋子很小，炕上和桌子上摆满了小小的火柴盒。芳琼高兴地迎接子豪，她告诉子豪："这些是我们每天晚上劳动的成果。"她情不自禁地指给子豪看。然后继续说道："盒面上贴有火炬图形，当有一天盒子里装满火柴，小小火柴点亮时，它会点燃我们的心，像盒面上的火炬一样照亮我们的前程,照亮我们全家的希望。"子豪频频点头,被这种精神感动得竖起大拇指表示极为赞同。

· 第九章 ·

不言不语

子豪与何木生像哥俩那么亲。

又过了几个月,冬天来了。一个星期日,子豪休息,又想去何木生那转悠一下。他出门朝着三道街路口走过去,抬头远远望着,收入眼里的是青灰色的楼,青灰色的瓦。低头再看,地面覆盖了一层雪。一阵阵西北风呼啸着,地面上的落叶,有的像枯叶蝶,排成队,随着吹来的风,闪电般地贴着地面飞走;有的像小小的车轮,被风吹得一个接一个,飞速地向前奔跑,一会儿就无影无踪了。

凛冽的寒风中,一辆三轮车上装有一个圆铁桶,旁边有一个身影弯着腰正在往桶里添着东西。

子豪走近细看,何木生拿着小铁锹,正把小木盒里煤和水和成的煤泥,一铲接一铲地往铁桶里的炉箅子里添呢。炉子透出红红的火光,在这种环境下显得格外醒目，使人温暖。铁桶盖上摆着两排地瓜正冒着热气，空气中飘来烤地瓜的香味。

何木生站起来转过身，才发现子豪已经站那好久了。何木生睫毛和帽子上都挂了白霜。子豪看着何木生满脸的青灰色与背景楼房色彩混为一体，他摘下眼镜，眼睛周围是白白的皮肤，头上其他地方的皮肤都是灰黑色。那是他长年累月戴风镜防灰尘形成的一种熊猫似的脸谱，熊猫是黑眼影白脸庞，他正相反。子豪望着面前的何木生想着，这熊猫脸见证了何木生生活的压力。子豪知道何木生是怎样在春夏秋冬，风里来雨里去，挣点钱供儿子读书的，真是不容易。

两个人相视一笑，不言不语。何木生希望儿子努力学习，顺利地考入初中、高中和大学。这是何木生与芳琼的全部寄托与希望。

子豪看何木生在忙着，握了一下手就走了。走了很远又回头看了一眼一直弯腰忙于生计的何木生。

这时候，子豪又想起了一件事情。那一年，在何木生家吃饭的时候，也是这条硬汉子弯着腰，在他家厨房隔板下面去找一个瓷坛子。那个棕色的坛子应是封了很久，只见他用一只手往坛子里试着摸取着什么，一会儿，他手里挑出几个绿皮鸭蛋，鸭蛋头顶上是用锅底灰抹的葡萄粒大小的黑影。这可能是标记先腌浸的，盐已入味可以吃了。

子豪心里想，他是为了我才打开那个坛子的，让我品尝这蛋清包裹着流油的蛋黄的味道。

这硬汉子憨厚，内心淳朴，不善言表，也有他暖心的一面。

· 第十章 ·

工　厂

春城的江边，杨柳随风而舞。城外远郊有一个重工业企业，名叫江钢。几年前，从农村招工进城来了一批知识青年，估计有几百名。子豪、安民、李群、朵朵（朵朵没有机会上大学了）都在这里面工作。他们进厂时没有发现工厂的大门在哪里，旷野中分布着几座高大的厂房。远处靠近小山的是炼钢车间，相隔几百米的是机修车间，往南边方向有一个铸造车间，靠近马路的是轧钢车间。通往厂里的路把这些车间连在了一起，也把工人们的心紧紧地系在一起。

朵朵窈窕的身材很醒目。最让人眼睛一亮的是她长着一双桃花眼，眼睛弯弯，眼尾稍微向上翘，水汪汪的眼睛周围皮肤自然带着红晕，那醉人的眼睛还略带微笑，使迎面走来的人忍不住都朝她看，就是走过去的人也要情不自禁地回头张望一下。在乡下集体户时，朵朵喜欢艺术。安民坐那拉二胡的时候，朵朵总是贴在旁边如痴如醉地听。安民和朵朵兴趣爱好相同，也是天生的一对鸳鸯，在恋爱的年龄和恋爱的季节，两个年轻人的心紧紧相连。安民进厂后被分配到了轧钢车间，工作是轧钢，还担任了工段长。工作之余，他常去炼钢车间看看，因为朵朵在炼钢车间做了吊车工。

朵朵刚开始当吊车工时，把车间发的操作规则、流程反反复复地背熟，跟着师傅认真地学习，所以上手很快。桥式起重机（吊车）工作室里边的大小四个像方向盘似的凸轮控制器，分别控制大车和小车及主钩和副钩等，这些设备的功能，她掌握得非常熟练。因为她经常利用车间停产的时间，抓紧进行实际操练。练习时，只见那些铁钩像倒挂的大小问号，接在钢丝绳上，由卷扬机滚动，上下对着实物进行无数次准确的吊、挂。

车间暂时停产了。朵朵又抓紧时间跑来练习基本功。朵朵有恐高症，车间厂房有四五层楼房高，中间有两条吊车轨道，朵朵每次上去，都是一步一步小心翼翼地踩住铁梯子往上爬，走进操作室后都会大大地喘出一口气。坐稳后，从高空往下看，小小的水桶、暖水瓶和各种各样的物件放在那，等待着朵朵来落钩。她按照规定的位置把东西吊来吊去，这可以练平稳度、练精确度、练心理素质，朵朵就这样在实践中锻炼成长为一名优秀的吊车工。当炼钢车间进行电炉生产时，她能够独立完成吊钢水包出钢水的艰巨任务了。

安民还是不放心，他深深地知道这项工作的重要性和危险性！只要自己休息，他就抽出时间来到这里远远地注视着她，平时也经常提醒、叮嘱朵朵工作时要注意安全。

安民工作的车间里有400和250两种型号的轧机，还有加热炉和精整两部分。安民虽然是工段长，但平时在400轧机平台工作。

车间生产时，这四部分工作流程准确得像钟表似的，一环扣一环，分秒必争，要眼疾手快，工友们配合默契，容不得丝毫马虎！这是产业工人集体劳动的特点。

子豪是工厂里电气方面的工人，经常到一线岗位查看电气设备的工作状态。这天，他来到轧钢车间。一进车间大门，进入耳朵的是雷鸣般的响声，这声音弥漫整个空间。人与人的说话声和其他声音都淹没在轧机的轰鸣声中，工友们靠打手势等肢体语言进行沟通交流。他们在自己的岗位上，各就各位，像守护阵地一样全神贯注！毕竟，稍有分神就会出现人命关天的事故。

子豪看见400轧机，一对轧辊在快速地转动，一个正常地顺着时针方向转动，一个却逆着时针方向转动，钢坯从两个轧辊中间固定的孔型中像一条火龙似的蹿了出来！说时迟，那时快！工友们要用手中的钢钳子，快速准确地钳住一千多摄氏度的钢坯，翻滚后，再送回孔里，这样的钢坯一根又一根从轧机里压轧出来。

突然间，安民一个箭步，蹿到轧机操作台的右侧，一拳把一个工友打到台下，倒在一个安全地带！刹那间，一根钢坯一半挤进轧机里，砰！一声爆响，钢花四溅，震耳欲聋！经验让安民判断这根钢坯将要出现事故，结果验证了他的判断是对的。他用粗野的方式救了自己的工友，把危险留给了自己，钢花烫伤了他的脸。工友们流着泪把他抬进了医院救护室，大家站在那里久久不肯离去。门开了，工友们挤过去，医生出来说："他的一只眼睛保不住了。"悲伤使工友们心情沉重。

回到车间里，几个工友继续参加生产劳动。大家轮着休息吃饭时，两个工友用钢钳子拽出一根钢坯，他们一边烤着被汗水湿透的衣服，一边将装满生米和水的铝饭盒放上去煮起饭来。安民的饭盒照样放上去，一个都不能少，这是集体工作养成的良好习惯。

车间四处透着风，吹着工友们强劲的筋骨。工友们被钢坯来回的声音和轧机发出的轰鸣声包围着，江钢轧出一批批合格的钢材，也练就了工友们铁骨铮铮的意志。

安民养伤时，朵朵就来到身边，朵朵喜欢哼着小曲陪着安民。她挽着安民的胳膊走过几里空地，跨过一条火车轨道，去前方的江边。江面很窄，是主江流出的一条小支流。工厂的喧闹声听不到了，两个人静静地坐在那里，微微的风迎面吹，朵朵额头的刘海稍稍地在飘动。天空飘着白云，白云下边是各种青蒿草和小野花。

朵朵轻轻地抚摸着安民的手说："我们好像回到了乡下的集体户，若不是因为招工回城到江钢，你也不会失去一只宝贵的眼睛。"说到这里，朵朵那双美丽的桃花眼里流出了泪水，心痛地说："安民，你放心，今后的日子里，我会更加用心地照顾你，无论走到哪里，我都陪着你。"

安民注视着前方，紧紧地握住朵朵的手，感动地说："谢谢你，朵朵！我不后悔，我失去了一只眼睛，但当时如果不当机立断，可能会让一个工友失去生命！"简短的一句话，却令人震撼、感动。

他们默默地看着平静的江水，心情也像江水一样平静。这就是安民，一个无私的人，一个纯粹的人。他平凡的背后有着普通工人朴实无华的优秀品质。

朵朵佩服安民高尚和善良的人品。

安民伤好了以后，回到了车间。他觉得车间里的设备陈旧，应该进行技术的更新改造，工人们要强化安全生产知识，便向厂里提出可行的具体意见。

轧钢车间正在轰轰烈烈地生产。

250轧机由三个机组连成一排，每台轧机口旁有一个工人把守。400轧机出来的钢坯，经过辊道快速地传入250轧机。久子身高1米8以上，也是知识青年，是从其他地方招工进厂的轧钢工人，担任250轧机班组的班长，是个生产能手。每天上班时，他站在250轧机的第一个位置，手握钢钳子，站稳脚步，聚精会神地迎接即将传来的红红的钢坯。辊道飞速地转着,一根火红的钢坯箭一般地蹿来!只见久子飞快地钳住钢坯的头,顺手熟练地将它喂进轧机的孔里。

轧机旁就是激烈战斗的阵地,工人就是阵地上的战士,时刻准备着,工作就像打仗一样残酷。

工友们穿着蓝色帆布制作的工作服,皮手套很长,直到臂弯处,劳保皮鞋厚厚的底。这些都不影响他们的动作,个个干起活来生龙活虎。

车间到了间歇时,电控操作室里走出几个女工,一手拎着一桶水,一手拿着几条白毛巾,递给男工友们,让他们擦着满脸流着的汗水。工友们之间的淳朴感情不分你我。

400轧机又开始送钢了。

250轧机同时也飞转起来。

轧机是什么?它是吃钢坯的机器。工友们用手中的钢钳稳稳地钳住钢坯的头部时,不能过长也不能过短。人的身体不能太近也不能太远。人的头贴得近了,皮肤、五官和头发就会烤焦。最让工友担心的是400轧机传过来的钢坯温度有所下降,达不到250轧机需要的温度时,钢坯会立即蹿出轨道腾空而起,像一条小巨龙一样盘成一团，纠结在一起凝聚在那里。

  这一天早晨，久子接班后，站在他熟悉的岗位上，用钢钳子习惯地敲打着轧机各个部位，声音正常，零件没有松动迹象。400轧机送来的钢坯也都顺畅地通过。久子在250轧机操作台上脚步稳健，手臂挥舞着。突然，一根钢条像奔腾的野马，从盘圆固定的轨道里挣脱而出，在距离地面半米高的地方形成一个环形，套向了久子。说时迟那时快，久子本能地往圈外跳！但还是有一条腿被快速运转的、灼热的钢条勒住了。顿时，一阵撕心裂肺的惨叫声！久子的身体收缩成一团，腿弯处的裤子、皮肉、血管、神经刹那化为乌有！

  久子被救护车拉走了。车间中弥漫着惊恐的气氛，工友们惊魂未定地站在那里，只有心脏在拼命地怦怦跳。

  一年过去了。从医院里走出来一个人，挂着双拐，他正是久子，半条腿没有保住，截肢了。恐惧也随着疼痛离他而去。对于这个结局，他无法抗拒，谁能知道他内心的苦楚，只有他才能品尝到那苦涩的滋味。实际上他没有违反操作规程，而是突发事件造成了伤残，被定为工伤。

后来，安民遇见了久子，久子说："这算得了什么！我们工人不会只想自己，为社会创造价值是咱们的本分。"这不是久子喊出的什么口号，而是他随口说出来的几句话。再后来，他继续回来上班，在车间做了工艺员。

· 第十一章 ·

宿　舍

　　为了能看到小伊秀，子豪经常到她的学校旁边散步。遇到小伊秀放学了，就一起走到学校后边百花园里，聊学习，聊志向。

　　那天，小伊秀放学了，子豪来到这里，两个人沿着百花园慢慢地散步。小伊秀高中马上就毕业了，没有经济条件继续考学。

　　子豪说："你打算怎么办？想做点什么工作？"

　　小伊秀想了一下，说："子豪哥哥，我若能当个小学老师最理想。"

　　子豪想了一会儿说："我们单位，有个子弟小学，不知道需不需要人，我回去申请一下，看一看能不能行得通。"

　　夏天的景色绚丽多姿，百花园里的花朵红、黄、蓝、白、紫，五彩缤纷，像学生们对前途绘出的各种蓝图那么耀眼。

转眼,到了离校时间。子豪真的带来了好消息!他高兴地对小伊秀说:"我们厂里的子弟小学,经过研究同意接收你来工作。"只见小伊秀嫣然一笑,满满的幸福藏在心里,显得格外的兴奋,就要和子豪哥哥在一起工作了。他们围着百花园,走了一圈又一圈。子豪嘱咐小伊秀:"你收拾一下行李,到时候自己去报到吧,我工作时间离不开。"

几天之后,小伊秀离开学校去江钢子弟学校报到。那一天,李群负责接待,小伊秀高兴地和李群握手,她知道李群在自己的家乡小西沟下过乡。那时自己年龄虽小,但是,却记住了她和子豪哥哥是一个集体户的同学。

江钢宿舍是一栋砖瓦平房,中间走廊很长,两边开门。走廊对面都是工友们住的房间,其中有三间是独立的女生寝室。

李群先把小伊秀领到自己的寝室,让她把行李放到靠门边那张床上,手指靠窗边的那张床说:"那是朵朵的,你也认识,是我的同学,一起下乡在小西沟当知青的。最里边的是我的床,这里共住三个人。"李群介绍完了,走出门又用手指斜对面那个门,告诉小伊秀那是子豪和安民的寝室。

李群回学校了。小伊秀收拾床铺,白底蓝格床单,红底小绿花棉被子,被子中间还有一宽一窄的黑杠,叫被腰,是一种装饰,枕套里是用衣服做的充填物。再看李群床铺,乳白色床单四边带绣花,被子装在浅蓝色被罩里,宽边枕头上,用同床单一样颜色的枕巾盖着。朵朵床铺是全套草绿色被褥和枕头,简单整齐。

门推开了。朵朵下班回来了,看见小伊秀,两人高兴得拥抱在一起!放开手后,朵朵又仔细端详着眼前这位清雅的姑娘,她长高了,已经不是从前整天挖野菜的那个羞怯的小姑娘了。朵朵和同学们都比小伊秀大四五岁。小伊秀也非常喜欢朵朵,她们手拉手地互相看了好一会儿。小伊秀笑着说:"和你在一起真好。"

其实,子豪知道小伊秀今天来工厂子弟学校报到,只是那年代每个人谈恋爱的事情都不宜公开。再说,白天是工作时间,也就不方便来看一下。

李群下班回来了。一进屋,面朝着小伊秀的床铺,两只老鼠眼睛,贼溜溜放光到处看,停在小伊秀的床铺上,扫了几眼,嘴角一会儿往上一会儿往下,不断地咧着,一副似笑非笑的样子,两手交叉在胸前,用破锣嗓音说:"你看看,你看看!小伊秀床铺上的被褥又旧又土!也就是小西沟的你才能有。"

她现在有时间了,又把眼光盯在小伊秀穿的衣服上说:"你这衣服说起来呀,也挺老套的,你看我的,现在时尚流行的带格子的喇叭裤。"小伊秀很难堪地看一下朵朵。

朵朵笑着说:"李群,你那喇叭裤有点刺眼。小伊秀穿的衣服不难看呀,我很喜欢,比我的讲究。"

小伊秀知道她们的生活条件比自己好,从穿戴和用品已经看出来了。她们不了解自己的家境,而且这已经是她家最好的东西,她心里很满足了。穷,没啥不光彩的。她对李群很不理解,为什么要管别人的闲事呢?她非常感谢朵朵对自己的保护。

小伊秀正式上班了,担任一年级一班的班主任,管理五十五名学生,同时负责本班语文、数学的教学工作。李群是靠关系进了学校,还找人帮忙当了组长,负责一年级整个年段的工作。

乡下来的小伊秀进城后,很单纯,没有李群成熟。她集中精力一心一意地工作,不会想太多。这些好的品质，对她后来帮助很大。

可是，在李群的眼里，小伊秀就是一个乡下的土丫头，就是要给她难堪。

有一天，李群大惊小怪地喊叫着："我的教案哪里去了？"转身板着脸对小伊秀说："昨天我借给你了吧。"

小伊秀微笑着说："是的，组长。我已经按时还给你了。我告诉过你，放在你的办公桌上了。"

"我没有看到呀！找不到了！是你又拿走了吧？"李群说道，接着又高声喊起来，满脸严肃的表情很难看，眼睛里似有狡猾的光闪过。

小伊秀从来没有遇过这样的人，脸色说变就变，很不适应，有点胆怯。她想，是自己哪里做得不对呢？思考一下，觉得没有错。这才刚开始呀，以后可怎么在一起工作呢？

"组长，我真的放你桌子上了。我帮你找找。"小伊秀礼貌地说道。

桌子上，桌子下的地面都没找到。然后，小伊秀和同事一起将办公桌挪开，在桌子和墙壁间把几张教案找出来了，这才算搞清楚这件事。小伊秀抬头看了一下李群，她那双琢磨不透及不可信任的眼神，让人感觉不到丝毫温暖。

到了星期日的早晨，清风送爽，霞光照进宿舍里，小伊秀心情舒朗。子豪早就知道小伊秀搬到宿舍来了，经常路过她的寝室门口，却不轻易去敲门。今天，心里挂念还是忍不住了，就走过去敲了几下门。

子豪进来了，三个人正好都在。子豪说："小伊秀搬来了，她年龄小，我看看她有什么需要帮忙的。"子豪深情地看了小伊秀一眼。李群用眼睛斜着看他和她，用心琢磨着。

朵朵热情地说："子豪，你放心，小伊秀年龄虽然小，但是很懂事。以后，我也会关照她的。我今天下夜班，也需要休息。你们两个人正好去工厂周围散步吧，了解一下环境。"

小伊秀正不知怎么办呢，借这机会高高兴兴地和子豪哥哥走了。

小伊秀紧紧贴着子豪哥哥，肩并肩地走着，心里想怎么不早点找我啊，心里盼着也不好意思说出口。小伊秀散步中就和子豪哥哥说了关于教案的那件事情。

子豪听了以后，沉默了一会儿说："小伊秀，现在开始工作了,不同于在学校读书,以后不去伤害别人,但也要有意识地保护好自己。对每个人要慢慢了解,对每件事情都要认真思考,慎重下结论。"小伊秀像学生一样认真地听着,又边走边谈着。她认为子豪哥哥的话没有错,牢牢地记在了心里。小伊秀的性格比较温柔稳重,有颗善良的心,从来不会去伤害别人。

　　李群与子豪曾经在小西沟一起下乡当知青,现在又一起招调到同一个工厂工作,子豪对李群多少有点了解,他对李群可从来就没有过爱慕之意。对李群这人,很多人猜不透。乍看来,很热情、成熟。大家觉得她好像有男朋友,又觉得她自己在犹豫中。正像大家猜的那样,她同时在抓紧寻找,从中挑选。她开始用挑剔的眼光观察周围那些年轻人,逐一地去衡量,没有讨自己喜欢的。想来想去,只有子豪合乎自己的心意,李群有意识地找机会与子豪接触,留意子豪的行踪。工厂召开职工大会时,她戴个大红围巾,故意坐在子豪的对面,就是想引起子豪的注意。尽管李群对子豪瞥了几眼,竭力想表现自己,但可惜,并没有引起子豪的注意。

　　李群知道子豪心里装着小伊秀。但是,李群觉得自己是城里人，身材还算不错，有胆量，敢说话，各方面条件挺好。那个小伊秀是个乡下人，没有见过什么大世面，没有啥好的地方。为了接近子豪，她想了个办法，主动以借书为理由去找他，还提出借读书笔记本，把自己装成愿意读书学习的样子。

子豪觉得李群和以前比，像变了一个人似的。再一想，她毫无理由借自己的读书笔记本，觉得有点不对头，果断地说："抱歉，我没有什么读书笔记本！"没有理睬她。

李群不甘心，到处打探子豪的动向，听说星期日上午九点钟，子豪要去工厂门前坐公交车去市内书店。她听到走廊斜对面有门响了，走出一看，正是子豪打开了门，就假装自己正好也要走，跟在后面。从走廊走出宿舍的右门，沿着墙边走了。

李群知道小伊秀在寝室里呢，估计快到自己和小伊秀寝室的窗户时，有意快走几步，和子豪并排走，故意想法子和子豪搭讪几句，让小伊秀能看见、听见。一时之间，她特别高兴，就这样真的和子豪搭乘了同一趟公交车。车上，子豪很正常、自然，但是没说几句话。下车后，子豪直奔书店，李群感到无聊了，自己逛商店去了。

这天子豪和李群并排路过寝室窗前的情景,小伊秀恰巧看到了。小伊秀心里想,他们约好了,又那么近距离肩并肩地走了,就没出寝室,独自难过了一天。

说也奇怪,有一天,寝室来了一个年轻人。朵朵和小伊秀在屋里,朵朵就问他找谁,这个略瘦的年轻人说:"找李群!我是她未婚夫。"朵朵与小伊秀对视了一下,很客气地请他坐下。

朵朵和小伊秀一同出去把李群喊了回来。

李群进屋一看,有点心烦意乱,她按捺不住自己的情绪,不高兴地说:"你怎么找来了?"

年轻人一句话没说。

李群介绍说:"这是我表哥!"那表情,那口气,让人感觉不舒服。

朵朵和小伊秀两个人赶紧躲出去了。朵朵小声地说:"李群不是和招工的那个人好上了吗?怎么又冒出来一个未婚夫呢?"小伊秀听了朵朵这番话很吃惊,觉得李群不可靠,谁都无法知道她那深不可测的心。

· 第十二章 ·

误　会

小伊秀按部就班地工作着。

一年级一班共五十五名小学生。他们刚刚从幼儿园出来，迈进小学的校门，这个过渡阶段要有个适应过程，是个重要转折点。

第一堂课，排好座位后，先点名让每个人站起来，大家认识一下。这时，有的小男孩坐不住，就出来走动了，有胆子大的干脆在地上爬着玩耍，以为还在幼儿园呢！这需要老师用心管理他们。

就这样，小伊秀的教学开始了。

语文课，教拼音、写字。点、横、撇、捺、竖、折、弯钩、提，等等。

数学，教数字。1、2、3、4，等等。她从最基本的知识向同学们讲起。

她纠正同学们坐的姿势、手拿笔的姿势。

课后，五十五本作业她逐一仔细地批改。

转眼到期中考试了，全班得双百分的同学有十几名，单科百分的同学有二十几名，双科八十几分的只有几名。其余的同学双科是九十分以上。她亲近学生，用心育人，配合家长。班级总分在全年级排名第一。

由于工作忙，小伊秀好长一段时间没有和子豪哥哥在一起散步了。上次小伊秀看见子豪和李群一起肩并肩地走了，还是不舒服，自己也不清楚是嫉妒，还是怯懦。随着年龄的增长，小伊秀想得也多了，产生了自卑感，认为自己确实不如别人。家里也越来越困难，吃穿打扮跟不上，自己从来没有买过化妆品。衣服呢，外衣一套洗得发白，内衣只有一套，将就着穿。

朵朵家里条件稍微好一点。她看到小伊秀没有几件像样的衣服。一天，她把一件蓝色上衣找出来，平方领，胸前一道横褶，当时很流行，人们称为和平服，送给了小伊秀。衣服八成新，小伊秀高兴地穿上了，对着镜子左、右、前、后照了个遍，衣服就像是按自己的身材量身定做的。小伊秀笑眯眯地看着朵朵，不知道怎么谢她。

穿件自己喜欢的衣服，多想让子豪哥哥看一下，但是又一想,不行。小伊秀没了主意,现在工厂漂亮的女孩也多,比我条件好的也不少,自己不能主动去找子豪哥哥,或许子豪哥哥已有新的意中人了。

子豪也忙工作,又一想,小伊秀刚刚参加工作,应少打扰她,让她集中精力做好工作很重要,今后在一起的时间长着呢。

后来,子豪觉得不对劲,小伊秀好像有意识地在躲着自己。子豪考虑了一下,决定先去找朵朵,见到朵朵后说明了来意。不过,朵朵并没有发现小伊秀不寻常的地方。那一天,小伊秀穿自己送她的上衣,特别兴奋还想让子豪看看呢。子豪还是觉得有点不对劲,还是让朵朵帮忙问一下,希望小伊秀有时间见他一下。

朵朵等小伊秀下班后,提议先去看看芳琼。小伊秀也认识芳琼,她和朵朵都在小西沟下乡劳动过。自从小伊秀一家搬走,芳琼与何木生成了家,生了孩子,又进城工作,就没有见过芳琼。

细想起来,已经几年了。朵朵因为种种情况也没有见到芳琼。在乡下的日子里,芳琼和朵朵是好朋友,两个美丽的姑娘,互相换着衣服穿,互相倾诉心声。若不是因为各自条件的差异,会一起回城的。这是无奈的事情。芳琼的情况朵朵隐约知道点。要是芳琼知道她们要去,她一定很开心的。"是的,我们给她一个惊喜。"小伊秀说道。

十里江堤,杨柳依依。朵朵有自行车,又给小伊秀借了一辆,两个人心情舒畅地骑着自行车,一起去找芳琼了。朵朵知道小伊秀刚学会骑自行车,就照顾她,骑得很慢,边骑边等着她。路过公园门前熙熙攘攘的人群,又穿过大街小巷,她们骑车绕来绕去,用时很久。

"芳琼在那里!"小伊秀看见了,指给朵朵看。那个家属厂的车间也没有大门,只有简单的木栅栏围的墙。几个工友围着坐在一起,双手飞舞着手工刺绣的场面让人惊住了!手中针带着彩线娴熟地在布料上来回穿梭。朵朵和小伊秀不忍心打扰她们,在快要接近身旁时,被芳琼发现了!她感觉到有身影在旁边晃动,抬起头来一看,立刻放下手中的活,兴奋地站起来,一手拉着朵朵,一手拉着小伊秀,朝着围墙边一棵大榆树下走去。三个人挤在一起并排坐在一条长石头凳子上,互相打量着。

朵朵先开口了,试探地说:"芳琼,还好吧?从子豪那里知道了你的一些情况,人生不容易,受到挫折和怀着希望是并存的。我们还年轻，都在奋斗。你成家早，有着客观原因。但是，你多幸福呀！有了一个聪明的儿子，学习又优秀，好好培养他长大成人。"

芳琼外表整洁，性格沉静。她说："不瞒你们，我抠过核桃仁，卖过盒饭，糊过纸盒。我不好意思见你们，我有意躲避你们，我是个临时工，你们都是大型国企的固定工人。我又在乡下和本地乡民结了婚，如今生活很苦，累人哪！每个月生活费不够，都得向朋友借钱，一个月压一个月，欠债像陷进了泥潭中，何时能拔出来呢！"朵朵和小伊秀觉察到，这种痛楚像一块石头压在芳琼的胸口上。

朵朵事先了解过芳琼的情况，不慌不忙地从衣兜里掏出二十元钱、二十斤粮票，塞进她手里，借给她。芳琼不接受，这不是个小数目！当时一个成年人一个月伙食费也就十元钱。芳琼很要面子，把尊严看得十分重要。朵朵说："你家没有经济基础，先用吧，等有钱了再还给我。眼前，我先不用，而且我家条件还可以。"芳琼最后还是收下了，感激不已。

小伊秀年龄稍小，事先没有思想准备，她被朵朵的行为和品质感动了，这件事对小伊秀产生了极其深远的影响。从这件事上，小伊秀知道，朵朵是多么的善良，对朵朵的敬意油然而生。

芳琼这时候才想起来，领着朵朵和小伊秀欣赏一下自己刺绣的作品。芳琼接的是外贸单，任务是把出口的床单和被罩，还有枕巾、枕套、服装、台布和门帘等物品，按照规定的手绘图案绣出各种花鸟虫鱼。看到展现在眼前的已经绣好的台布、门帘及服装针脚整齐，配色清雅，线条流畅，芳琼赞叹道："学习刺绣不是件容易的事，精妙的线细如发丝，色调搭配合理，六彩线交织在一起，刺绣出的图案可以与实物相媲美。"

她随手拿起一个绣完的门帘双手举起来细看，一对彩蝶交相辉映。一只彩蝶前边的双翅膀用深黄色线中间搭配浅黄色线刺绣，后边略小双翅膀用的是金黄色线绣同时还绣有六个小黑斑点，一条细长肚和两条弯须采用银灰色线刺绣；长肚和弯须交接处用黑色线绣出一双圆圆鼓起的小眼睛。另一只彩蝶是从侧面绣的，前边的一双翅膀用深粉色线并用黑色线圈边刺绣，后边略小的一双翅膀用水粉色线绣同时也绣上六个小黑斑点，同样用银灰色线绣出肚和须，又绣出六条细腿，两只小黑眼睛绣得突起来了，活生生的两只彩蝶落在门帘上。当芳琼把门帘举起来再摇晃几下时，就像天空中飞来两只彩蝶围绕门帘飞舞追逐着一样。

芳琼的眼神和朵朵、小伊秀的眼神相遇时，让人感到有新奇的事情会发生。

芳琼说："在这里，我的文化水平算是高的了，有时外贸工作人员领着国际友人来看货和验货时，说的是英语，工友们都听不懂。我在实践中学了几句口语，想到自己要是会英语该多好，我心里燃起了学习英语的念头。"

朵朵和小伊秀看到了芳琼的积极进取。

芳琼又看着眼前的小伊秀，已是一个风姿绰约的纯情美女，想起子豪是那么思念和深爱着她。芳琼认真地告诉她，子豪辗转多次寻找不到她时是怎样的痛苦。子豪每次来到自己家时，都拜托何木生打听她的消息，因为寻找她，子豪与何木生建立了深厚的感情，当他听到何木生说出她的下落时，子豪又是怎样的兴奋。

说到这里，小伊秀脸红了，心里觉得对不起子豪哥哥，他们之间产生的误会是由自己引起的。

她们离开芳琼的时候是愉快的。朵朵帮助芳琼改变了生活上暂时的窘迫，小伊秀也解开了对子豪哥哥的误会。

她们也相信芳琼，说不定哪一天就会闯出一片天地来。

· 第十三章 ·

绽　放

清晨,去往江钢上班的路上,骑着自行车的人群川流不息,这支长龙般的大军里,有风华正茂的小伙子,也有容光焕发的女孩子。

子豪已经搬到市内住了,每天都随着骑自行车的队伍一起上班去。这天,正好遇到工友吴天,两个人骑车并排行驶着。

子豪问吴天:"咱们在厂里上班这么长时间了,你觉得我们的电气设备怎么样?"

吴天说:"正常啊!"

子豪说:"你不觉得需要对设备进行技术改造,才能更好地提高生产力吗?"

吴天说:"没想过,要是能改造当然更好,那怎么改呀?"

子豪说:"现在市里有一个企业已经用上一种先进

技术了，正好也适合我们的设备。"

吴天说："没有听说过，这悬在天空莫名其妙的东西，去哪里寻找呢？"

子豪接着说："我也是听说的，相信只要下定决心就一定能学会这种技术。"

吴天追问道："那我们去那个企业看一下，能行吗？"

子豪说："到厂里后，找点时间我们再聊。"

吴天说："那好。"

此时，两人骑车到了日昇这个地方，正是上坡路段。两个人用力蹬车，双手紧握车把，形成进攻的姿势冲了上去。

午后，子豪找到吴天，去车间一个放工具箱的地方站着聊天，吴天看到子豪眼里坚定的目光。

子豪说："我找到资料了，这项技术大约在50年代问世，虽然已经过了20多年，但是厂里采用这项技术仍旧是先进的，我们正好赶上好时节。"

他向吴天介绍这项技术工作原理的优越性，它是以小电流控制大电流，无熔点开关，因为它不产生火花，所以就不影响周围的器件。同时，它具有体积小、无噪声、可靠性强和寿命长的特点。

子豪说:"目前,炼钢车间电炉上用的是老式电气控制系统,速度慢,调节不均匀,造价昂贵,而且调节精度低。维修量大不说,还影响出钢的质量和效果。这项无级调速系统,能解决存在的这些弊病。"

吴天说:"采用这项先进的技术能提高生产力,我们若能搞成功就太好了!我们首先需要得到厂领导的支持,争取在技术改造里面立上项才行。"

子豪说:"据我所知,厂里也在议论这件事情。有人提出要外包给其他单位,有人不同意。"

吴天说:"这可不是闹着玩的!要真正能干出来才行,风险很大,要慎重。"

子豪坚定地说:"我们能行。我去书店再详细找找书,看图纸查参数。"

吴天看子豪决心那么大,也就同意了。他们两个人都是电气方面的工人,渴望学习新技术,很想尽快地掌握运用到实践中去。他们心中都知道这是不小的挑战。

星期一的上午,两个人兴冲冲地去市里的那个企业参观,这是全市唯一的一个运用这项新技术的企业。

进厂后,很快见到了技术人员,企业方非常热情地接待了他们。

子豪和吴天坐在会议室里,拿出笔和本子放在桌子上,准备认真做记录。可是讲的人只是大概地介绍一下情况,不到半个小时就结束了,没有深层次的交流。两个人没有记到想要学习的内容,看不到设备运行流程,更没有图纸可观看。

子豪悄悄地对吴天说:"他们不愿意和我们共享这项技术。"

吴天说:"我们白来一趟,那赶紧走吧。"

他无奈地看了子豪一眼,两个人客气地对接待人员表示谢意后,走出了大门,这样的情况使他们心里都憋了一股劲。

子豪说:"我们靠自己的力量承担这个项目,去探索,一定要搞成。"

吴天也来劲了,坚定地说:"没有问题。"

这时,子豪浸入骨子里的渴望学习新知识的念头,却陷入了无处求知的困境。子豪觉得要突破解决这个难题,就要像学习高等数学一样,要通过各种运算算出它的正确答案。

子豪和吴天回到厂里后，又到一起商量了一会儿，他让吴天先去厂办询问项目的消息，自己在车间里一直等着他。

厂会议室里正在开会。会场正中坐着厂长，副厂长和总工程师分别坐在两边。会议还邀请了设备、技术科的科长和相关车间主任参加。厂长主持会议，他左右看看人员都到齐了，就用洪亮的声音说："今天的会议主要是讨论炼钢车间里，电炉电气自动调节系统技术改造项目的事情。下面由万总工程师具体介绍情况，大家再充分议论一下。"

万总工程师清了清嗓子说："电炉电气自动调节系统项目的技术改造问题，摆在我们面前。这项技术是目前最先进的，比较复杂。炼钢车间电炉若能够应用这项技术，会使冶炼时间缩短很多，达到提高炼钢的精度和稳定性的目的，维修时间也会减少许多，总的来看对江钢产能大有好处。"万总工程师详细介绍了具体可行性后，会议进入讨论环节。

设备科科长说："万总工程师说得非常正确，符合我们厂里的实际情况。"

万总工程师说："关键是我们江钢没有这方面的人

才,我们的队伍都是从下乡知识青年中招调回来的工人。他们没有上过大学,更谈不上有这方面的专业知识和本领。但他们敢于创新的精神是值得肯定的。"

设备科科长听了万总工程师的观点后,稍作停顿,说:"据我了解,厂里有一部分年轻人的知识水平实际上达到了大学程度,承担这项技术改造任务是没有问题的。"

此刻,一个副厂长忍不住,着急地说:"我看不行,个个是毛头小子,没有什么经验。"

万总工程师说:"厂里大学生没有几个,有也不是学这方面专业的,确实有难度,我感到几乎完不成这项任务。建议外包出去,这样既稳妥,又省心,不用担风险和责任。"

设备科科长说:"我不同意,应该让本厂的年轻人锻炼成长,给他们一个机会。"

只见那位持有不同意见的副厂长难以控制自己的情绪,他站起来,脱掉外衣,脸涨得通红,提高了嗓门说:"没有念过大学的人,怎么能搞出来呀?瞎胡闹!我是炼钢车间出来的老人,电炉炼钢设备有多复杂,我比谁都清楚。"

设备科科长说:"摆事实,讲道理,不要激动嘛!我看把任务留下是可行的。"

会场气氛十分紧张。

厂长说:"车间主任都发表一下意见。"

炼钢车间主任说:"根据我掌握的情况看,任务留下来给厂里工人干有利于年轻人成长,是正确的。厂里有一帮小伙子对设备性能掌握得很好,业务十分熟悉,电炉生产出现紧急状况时,他们立刻就到现场解决技术难题了,从来没有影响电炉的正常运转。"

机修车间主任坚定地表态:"我们厂完成这项任务没有问题,我们的年轻人具备这个能力和水平,又有积极性,是一支能吃苦耐劳敢于攀登的队伍。"

是外包出去,还是留下自己干,成为会议讨论的焦点。参加会议的人员先后发表了意见。

厂长思考了一下说:"根据我们厂里的设备实际情况,这项技术改造十分必要,也非常及时,重要性和意义我就不多讲了。我认为鼓励年轻人去拼搏,敢于承担重任和风险是我们的发展方向,也符合厂里勤俭节约、自力更生的精神。因此,我同意这项技术改造项目由本厂来承担。"

想了想,他又补充道:"这个项目由设备科科长负责牵头,相关车间主任组织人员尽快落实实施。厂里三天内下达具体项目技改立项书,以决定名义印发下去执行。"

会议召开三个小时后,终于结束了。

设备科科长第一时间走出了会议室,正好遇上迎面赶来的吴天,两个人一起去车间找子豪。

设备科科长说:"这个项目争取到手,来之不易,也是厂领导信任我们,我们要把它完成好才行。"

子豪说:"这项任务的困难是很大的,压力也很大。但是,我们敢于担这个风险和责任,请科长相信我们的能力。"

一天晚上,吴天下班了,他来到子豪的住处,推开房门,屋里又冷又暗,看见子豪在台灯下正忙碌着。子豪的眼里布满了血丝,正聚精会神地坐在很大的绘图板前审核原理图,地上铺满了绘制完的配线图、装配图、印刷电路板图等各种图纸。他要做的工作,在有条不紊地进行着。

吴天的眼睛突然睁得又圆又大,他看见子豪手里用的是骨制的计算尺。子豪停下手中的工作,发现吴天脸上惊奇的样子,他用手来回抚摸着这把尺子说:"这是设备科科长送给我的。"

设备科科长是位老大学生,非常喜爱子豪这个年轻人,平时经常留意他,看到子豪工作勤奋,爱学习又肯钻研技术,是个很有前途的小伙子,他就把自己用过多年的非常喜欢的骨制计算尺等一套绘图用具送给了子豪。

吴天看到旁边桌子上又有很多书摞在那里,高等数学、线性代数、模糊数学、电工基础、大学物理,等等。吴天拿起高等数学课本,用手轻轻地翻着,这是用油印机印的课本,就问道:"这课本是从哪里买来的?"

子豪又笑了笑说:"这也是设备科科长送我的!我都特别珍惜。我心中对科长满怀感激之情,尤为敬重他。"

吴天彻底明白了,难怪那么有底气去争取这个项目呢,原来子豪有深厚的理论基础知识,这些知识是他日积月累下来的,早已烂熟于心,这可不是一日之功呀!

子豪说:"我们初中还没有读完,就下乡当知识青年。每天劳动虽然很累,可是时间不能浪费,我用晚上的时间坚持学习。都是那段时间系统地学习了初中没有学完的课程，又把高中的课本啃读完。乡下没有电灯，就点小煤油灯，同学看见我被烟熏黑的鼻头就笑。招工进了工厂后，我坚持把大学课程学完了，学得很困难，遇到难题的时候，没有人去问，我就去书店找书。"

吴天从心里佩服子豪坚持学习的这种毅力，尤其他从书本汲取知识的精神感动了吴天。

技术改造工程开始了。

子豪对吴天说："你要做个详细方案，把这项任务的具体内容分解落实到班组每个人，拿出措施按步骤、要求严格执行。对自制电路板、配线、焊接元器件、制作操作柜体等各项任务要跟踪检查进度保证质量。"子豪面对着吴天，"啪"地一掌，干脆地拍在吴天的肩膀上，他在给吴天鼓劲打气。

一晃已经连续奋战两个多月了。车间班组里每个人按照分工有序地工作着。吴天跟班带头配线，几天都没有合眼，他一会儿蹲着，一会儿坐在地上认真地工作，一排排接线端子整齐地摆在那里，心里很是满意。开始调试后，更是昼夜工作。一天，已是凌晨两点钟了,大家都极度疲劳。这时,吴天又接了一条线,"砰"的一声,短路了,冒出一团烟,烟里夹带着火花,刹那间他的头发冒起了烟,眼睫毛、眉毛也烧了。子豪赶紧跑过去,用手扑了几下,吴天没有顾忌发生的一切,继续耐心地配线。

晚上,食堂送来盒饭,大家靠在一起热闹地吃着。

子豪手里端着饭盒吃着吃着,靠在墙边睡着了。

项目进入调试阶段。解决问题,再调试,再解决问题,大家昼夜在车间里加班。

吴天说:"到现在,我们干了两个多月了,还得多长时间才能完成?"

子豪很有底气地说:"再坚持几天吧。"

他们很兴奋,曙光就在前头。

两个半月的时间,任务圆满地完成了。成功了!子豪、吴天和工友们那份喜悦的心情是无法言表的。这套新系统正式投入运营那一天,电炉前站着厂长、万总工程师还有设备科科长、炼钢及机修车间主任。他们依次与子豪和吴天握手,表示热烈的祝贺!

厂长主持召开全厂职工参加的庆功大会。他振臂高呼:"这项新技术的应用,经过这批年轻人的艰苦奋斗,获得了成功,实践证明了他们的实力、他们的能量不可小看。厂里招调回来的这批工人,虽然是下乡知识青年,但他们无论在生产第一线,还是在技术岗位都是骨干,都是好样的!这支产业大军是可以信赖的队伍,是我们企业的希望。他们这一代人,才是创造社会价值和财富的生力军。"

会场爆发出一阵热烈的掌声。子豪和吴天互相望着,两个人拍得更用力,掌声格外响亮。

散会了。子豪和吴天一起走出来,他对吴天说:"我们也来个小庆功吧!"

吴天手舞足蹈高兴地说:"怎么个庆法呢?快说!"

子豪看吴天高兴得像个孩子,他也兴奋地说:"这个星期日,把整个班组拉出去,去郊外来个野餐聚会。"吴天主动请缨,由他来组织。

子豪说:"当然是你了。"

星期日早上,工友们很快就聚在一起,按照分工,走在前面的男工友们抬着一个白色的大塑料桶,桶里装有五十斤鲜啤酒。中间的挑着筐,两边的筐里装着大碗、小碗、碟子和筷子。再后面三三两两抬着大盆,有的装满了刚刚炸好出锅的小黄鱼,有的装满了炸熟的河虾。女工友们背包里装的是炒好的花生米，也有十几袋。大家吵吵闹闹排着队，走在七高八低的路上。

工友们穿着整齐的蓝色工服，有说有笑地朝着郊外江边方向走去。

蓝蓝的天空，绿绿的草地，太阳升起来了，遍地洒满了阳光。大家沿着叠翠的阿什山边，走到江边一片空地，树的影子倒映在平静清澈的江面。江水旁边，大树遮阴。这片空地正是他们要寻找的营地。

吴天扯着嗓子喊："把啤酒桶放下吧，筐里的碗筷都拿出来，盆里的鱼和虾分别装到碗里去，快点，把花生米也端上来。"一阵吆喝，大家忙得一路小跑，自然的风光和工友们的身影融为一体。

这就是工友们最好的下酒菜：每条小鱼和每只河虾外面都用玉米面包裹着，油炸过后都形成黄色薄薄的一层外壳，金灿灿的。放在嘴里轻轻咬一下，外边脆脆的，里边露出嫩嫩的白色的肉，不断缭绕着香气，红色的花生米酥香可口。工友们一口酒，一口菜地喝着、吃着还喊着，伴着碗筷不断的撞击声，乱哄哄地闹成一团。只见草地上空蝴蝶飞舞，工友们也像蝴蝶一样来回穿梭着。

吴天凑到子豪身边，大碗里装满了酒，向子豪敬酒，两个人开怀畅饮起来，那个高兴劲是用言语难以表达出来的。那边有几个工友划拳助兴，"一点点啊""哥俩好啊""五魁首啊""六六顺啊"，不断地喊着。还有些人干脆把碗和筷子放到草地上，举起双手扭着不协调的身体，乱蹦乱跳，快活地迈着脚步摇摆着，哪有什么曲调，哪有什么舞步，就是图个开心快乐！

大家喝着本土酿造的鲜啤酒，吃着本地出产的食物，没有那么多的讲究，就是顺口。

子豪和吴天用这种方式让工友们出来放松休息一下。天空、大地、阳光，把每个人融入大自然的怀抱里，领略它的美，享受人生，有奋斗也有欢乐，更有绽放。

子豪和吴天看着眼前工友们朝气蓬勃的样子，赶走了那两个多月连日苦干加班带来的疲劳，看着工友们浑身绽放出青春的活力，也融入这气氛中，和大家一起尽情地欢笑着、快乐着。

· 第十四章 ·

愿　望

一天下午，多数班级上自习课。这时，学校通知老师去医院义务献血。去的人中有后勤组的老师，还有李群、顾老师和小伊秀。到了医院以后，大家先检查血常规项目，结果出来都正常。护士让每个人喝一碗热水。

小伊秀说："这是为什么呢？"

顾老师说："可能是加压后，血流速度快吧，我也不太懂。只是猜测，专业护士这么做，自有其道理。"

不一会儿，护士喊李群，只见她走到跟前说："对不起，我这几天感冒了，身体有点不舒服。"

护士说："那你就别抽血了，回去吧。"

下一个是后勤组的老师，到了护士面前说："真不巧，这几天我牙龈发炎了。"

护士说："你们来的人，怎么都有小毛病呀？那就回去吧。"

排到顾老师了,他笑着说:"抽血吧,我啥毛病都没有。"

护士很高兴,终于有人献血。后边的人就是小伊秀了,她想我身体也没毛病,我要学顾老师,抽血捐献。

顾老师走出来了,护士说:"伊秀。"

小伊秀稳稳地走过来说:"我可以献血,身体健康。"

护士说:"那好,去隔壁床上躺下,左胳膊袖子挽上去,手从玻璃窗口伸出来。"小伊秀心怦怦直跳,不管怎么说,她没有经历过,看见那针头比平常打针用的粗了很多,女孩子嘛,怕的是扎针的过程。200毫升血液流到玻璃瓶里,小伊秀的心又平静下来了。

顾老师在外边走廊里等着她,小伊秀笑眯眯地走出来,对顾老师说:"护士讲我是O型血,很多人可以用。"

顾老师说:"那好啊,大公无私。你来这边,护士让我们每个人喝一碗糖水再走。"

从医院回学校的路上,小伊秀说:"我怎么没听说李群感冒了,后勤组的老师那么巧,牙又疼了?"

顾老师说:"你太天真了,他们是不愿意献血,又碍于面子不得不来一趟,说自己有病是借口,你还真信了。"

小伊秀说:"那是他们中途变卦了,原来是这样。"

两个人献了血,心情愉快地回到了学校。然而,一进学校走廊就听见李群在跟别人说:"你看看,顾老师和小伊秀为出风头在那献血呢。"

李群的举动让顾老师很气愤,顾老师说:"凡事不是黑就是白,中间没有别的,我们明明白白做的是善事,却被抹黑了。"

小伊秀觉得李群不负责任,乱说。顾老师说:"这是人的品质问题,我们不会唱高调,但是社会需要我们时,作为公民尽义务是应该的。"小伊秀同意顾老师的观点,她不和别人争个高低,只希望工作和其他方面要互相支持和帮助,做个有爱心的人,小伊秀认为顾老师是自己工作上的同路人和朋友。可是,李群的行为给小伊秀埋下了阴影,自然地使她心里产生不舒服的感觉。

第二天,小伊秀对顾老师说:"我洗衣服没有劲了。"顾老师说:"我们年轻,造血功能强,恢复得很快,放心吧。"两个人会意地笑了笑。

就在这天晚上,在职工食堂吃饭时,小伊秀端着一碗菜到了朵朵的饭桌上,边吃边说昨天白天关于献血的事情。朵朵奇怪地看着小伊秀,小伊秀以为是自己不该在这个场合讲这件事呢。

朵朵问:"你的饭呢?怎么只有菜!"小伊秀不想说,朵朵又追问一句。小伊秀只好说:"粮票丢了,后半个月没有主食吃了。"那时没有粮票,到哪里都买不到饭吃。朵朵二话没说,从兜里掏出十七斤粮票放到小伊秀兜里。朵朵让小伊秀保存好,不要再丢了。朵朵说:"李群做出的事情不奇怪,与她人品有关系,不要往心里去,正确对待就行了。"

朵朵为了照顾安民的生活,经过厂部批准和安民结婚了。小伊秀买了一个印有红双喜字的搪瓷洗脸盆送去了。

新房在朵朵婆婆家屋的里面,间隔出一间小屋。开门就是炕,然后是一道拉门。这已经是很好的了,那个年代房子是非常紧张的,很多人找不到房子住。

李群也着急找男朋友。朵朵悄悄地对小伊秀说:"在招工时,为了确保自己回城,她许诺嫁给那个负责招工的人，回来后，嫌弃人家，又不理人家了，那个人还没有放弃她呢。"小伊秀以前听朵朵说过一次这个事，知道李群是为了招工回城才跟那个人好的。

小伊秀和李群在一个学校里工作，什么事情都能遇到。

一天中午，小伊秀和几个同事正说着话，只听见办公室走廊的那一端，一个破锣嗓音传过来，一个吐字总是发舌根音的人向这边走来。小伊秀听到"我也来看看"的声音时，只见身边的刘老师闪电般地跑了，另一边的李老师坐在那不发声了，还有年轻点的张老师做出个怪脸，一个年纪大一点的老师也躲走了。

小伊秀思忖着，一定是李群来了。定睛一看，果真是这个职位不算高的负责人李群由两个人陪着来到这里了。

小伊秀和李群及几个同事一起走路时，李群总是和其他几个人热情地说话，还用手搭肩搂背的，好像与小伊秀不认识似的，这让小伊秀很不理解，这是怎么回事？

小伊秀涉世太浅，不了解社会上还存在拉帮结伙的行为。李群来这里就是针对小伊秀的。但小伊秀从来不想去惹任何人，她的意愿，就是和所有人和睦相处。可是，不会那么容易的。小伊秀单纯，懵懵懂懂的，以为所有人都和她一样，等她长大一些，经历的事情多了，就会逐渐成熟了。

小伊秀想去子豪哥哥身边了。

自从芳琼说出子豪寻找小伊秀时那心焦如焚的样子和找她的经过以来，小伊秀突然被一股浓烈的愧疚感笼罩着，越发感到看不到子豪哥哥身影时，心里空空的。想来想去，她真的不想离开子豪哥哥了。每天，只要知道子豪哥哥在上班，见不到人也行，她心里就很踏实。无论工厂里有多少人，要是子豪哥哥有事没来上班，她就觉得心里少了主心骨，很失落。她的心完全被子豪哥哥占据了。

子豪哥哥上班的时候，他会在同一个时间，走同一条路从小伊秀办公室的窗前路过。小伊秀上班非常早，忙着课前准备工作，但会在固定的时间抬头往窗外望一下，准能看见子豪哥哥上班路过的身影。她从来不去打扰他，只是默默地看着，爱已经锁住了小伊秀的心。越是这样，她越想好好工作，爱已经变成动力，推动自己各方面工作取得好的成绩，争取不让子豪哥哥失望，给他添个光彩。

其实，小伊秀的工作成绩已经被学校肯定和认可了。

小伊秀教学很有深度。在教室里面的黑板上，挂着各种图案。教班级里的学生们书写汉字时，不但要写得正确，还要注意技巧。提醒学生们掌握字的结构搭配，在黑板上用于举例子的图案中，她指给同学们说："提手旁的横略向上斜，写竖钩时，竖穿过横的偏右部，提与竖的交叉处离横较近，离钩较远，这样写起来就好看。"她将这些知识耐心地、点点滴滴地渗透教学，以启发同学们。

校园操场边树上的枫叶泛出浅红，掩映在树丛中的校园迎来收获的季节。

小伊秀也熟悉了这个环境，快乐而紧张地工作着。

学校把小伊秀调到六年级带毕业班了。

小伊秀经过一段时间，了解到学生们学习语文时，难点是作文写不好。

她有计划、分步骤地训练学生们的习作，首先是如何写好记叙文。她告诉学生们，记叙文常用概括叙述及具体叙述和描写的方法。比如："班级第一排的杨玉同学认真学习，刻苦读书，学习成绩名列前茅。这是概括的叙述。这个同学，聚精会神地看书，下课的铃声响了，他都没有听到，还是同学喊他的名字，拍了一下他的肩膀，他才知道下课了。这就是具体叙述了。"而且她教育学生说："只有叙述，没有描写就只有故事梗概，作文就不够形象、生动。"

就这样举一反三地启发式地教学。之后，她逐步地讲解记叙文的层次、段落、过渡、照应、开头和结尾，如何选材和提炼主题等。

小伊秀接手这个班时，班里的语文成绩在年级排名最后，到考初中时，她带的班级语文成绩已经名列前茅了。

年末了，工厂要召开一年一度的全体职工（包括子弟学校的教职员工）大会。

那一天，工厂的礼堂里，台下坐了几百人。厂部邀请小伊秀做一次学习与工作的演讲，给全体年轻人树立一个标杆。只见她穿着一件灰色的平方领的上衣，里边露出黑底带红点立领的小棉袄，一条蓝色斜纹裤子套在黑棉裤的外面，长短正合身。新买了一双37码墨绿色条绒棉鞋，穿在脚上，鞋面两排铁扣上仍然把鞋带打成蝴蝶结。装扮简朴而不失文静优雅。

她手拿着一份讲演稿,走上了讲台。这时,她目光朝下望了一下,看见了不动声色的子豪哥哥,他正好坐在前排。小伊秀激动两秒钟后,马上稳住了自己,镇定而又流畅地开始了演讲。她刻苦学习的状态和努力工作的成绩,展现了一个年轻人的奋斗精神,得到厂领导的肯定,受到全场职工的赞扬,礼堂里响起了一片掌声。

子豪高兴地看着小伊秀的成长和进步。

会后,他约小伊秀星期日去散步。

北国寒冬,远处的山川,近处的树木、房屋都笼罩在茫茫白雪里,就像一个粉妆玉砌的世界。

子豪和小伊秀呼吸着清新的空气,漫步在寒江雪柳中。洁白晶莹的雪花挂满了柳树枝,毛茸茸、亮晶晶的,在阳光照耀下闪烁着银光,恰似千树万树梨花开的景象。江中升腾的薄雾,缓慢地飘过来,把他们两个人裹在其中。

一阵细风吹过,树枝上的雪花飘了下来,落到小伊秀枣红色的毛围巾和身上。子豪看见小伊秀的脸庞冻得红润如抹了胭脂一般。小伊秀还是以前的小伊秀,只是多了几分成熟。小伊秀看着魁梧、英俊、聪慧、沉稳的子豪哥哥,心里想自己的愿望就是要和这样的人朝朝暮暮在一起,认为自己有了归宿,可以把自己托付给这个值得信赖的人。她把柔弱的肩,靠近了子豪哥哥宽厚、结实的肩膀,两个人就这样地走着。

小伊秀轻声轻语地说:"母亲告诉我,村里的长辈为我介绍的对象不少,村长家儿子也求人来做媒,我母亲不敢得罪他,只有躲开了。这也是我们家搬走的第二个原因,当时不想让过多的人知道这件事情。"

子豪静静地听着,然后说:"原来是这样啊。"

小伊秀接着一本正经地说:"我已经长大了,在你的生活中,我也可以照顾你。我们要永远在一起,今后生活的旅途中要做到相依为命,不离不弃。"

子豪说:"是的。"他不慌不忙地从包里拿出早已写好的五言绝句《同君行》:"烽火凝友情,硝烟伴终生。不败名花旧,愿承忠君行。"这首写了很久的诗,他终于送给小伊秀了。她接过后读了一遍,就完全沉浸到诗中去了,这字字句句也表达了她的心愿。这时,子豪把那冻得红红的手放进自己棉衣的大兜里。数九寒冬，两颗心燃起了幸福的火焰。

　　转年的七月，他们举办了婚礼。芳琼、何木生、安民、朵朵和工友们都来了。他们也拿来搪瓷洗脸盆，盆中带有红双喜图案。有的拿来红色带牡丹花的暖水瓶等礼物。简单、欢乐、幸福的场面，使子豪与小伊秀两人心里有难以掩饰的高兴。这是人生又一个新起点，一种新生活开始了。

·第十五章·
学　校

一个细雨霏霏的上午，图书馆里来了三个人。芳琼、朵朵和小伊秀，她们擦了擦额头上的雨珠，围坐在一个小圆桌前，兴高采烈地聊着。

朵朵开心地说："你们听到消息了吗？1966至1968年的高、初中毕业生，也就是咱们这些老三届，可以参加升大学考试了！"

这个消息使她们很兴奋。

朵朵又说："这就像甘甜的雨露滋润着我们老三届们快干枯的心田，像在学习的道路上出现了一盏明灯，为我们指引了方向。"

芳琼接着说："社会上的人们认为我们这批学生，虽然荒芜了学业，但向往着学习，并且有扎实的功底，在学校是品学兼优的学生，经历了从初中一年级到高中三年级的正规教育。当年，咱们学校高中三年级的学生课间出来休息时,我看见他们脸色熬得白白的,实际上每个人都准备好了,还有十几天就要步入考场。据说一些同学早已经被推荐保送到名校了。"

那一年,要步入大学殿堂里的时刻即将到来,可是因为种种因素没有实现。现在,这些人都已经有家有业,好多是拖儿带女的人,可想而知,眼下千军万马过独木桥,争取有限的录取名额有多难。他们要重新参加高考,想步入大学去圆自己的学习梦,谈何容易!最终,他们不是败在考场上,而是会败在没有足够的指标上。因为社会上已经聚积了十多届的毕业学生。

朵朵看着芳琼,芳琼沉默了一会儿,说:"我不参加考试了,还是实际点,想办法找个班去学习英语吧。"

朵朵认真地说:"我多么想进入校园学习,向往着名牌大学。我已是为人妻、为人母的人了,别说去名牌大学,就是进入普通大学也难啊!"

小伊秀说:"国家政策允许年龄大的有家有孩子的老三届报名参加考试。"

芳琼说:"我决定不去考了,还有一个原因,就是考上了,我上学的基本费用也没处出的。"

三个人说来说去好一阵子,看见窗外雨停了,她们手挽手出门走了。后来，朵朵和小伊秀也没有得到高考上学的机会。最终，朵朵和小伊秀她们两个人决心边工作，边参加全国的广播电视大学的中文班学习。眼下的朵朵也是有家室有孩子的人了，小伊秀也成了家。但是，这挡不住朵朵和小伊秀愿意学习的想法。学习的潮流让这些人马上行动起来，朵朵和小伊秀成为第一届广播电视大学的学员。

业余时间，她们开始进入学校学习。学校没有正规的校园，看不到围墙，教室临时设在一个土黄色二层办公楼的地下室。地下室阴凉，是个很大的空间，所有窗户只有一小半露出地面，墙壁比一般的楼房都要厚，听说这栋楼房以前是什么显贵人住的地方。

第一堂课，朵朵带着儿子和小伊秀来得比较早，他们找个合适的地方先坐下了。抬头看见陆续来的都是约三十岁的男男女女，穿的衣服基本分为灰、黄和蓝三种颜色。人的面孔显得非常严肃，但是能看出求学人的心切。

小伊秀说："人还不少呢。"

朵朵抱着孩子说："是呀！听说恢复高考的第一年，报考的人大约有570万，录取的人数才占约4.7%，能上正规大学的人太少了,剩下的像我们这些人,想学习的都来这样的学校里了。"

过一会儿,又来了一个个子不高的人,和蔼可亲的样子,他站在前面,看了看大家说:"不要说话了,抓紧时间找位子坐好。我姓常,今后几年里,就负责你们班的管理工作,有事情请随时与我联系。"

教室里坐的都是成年人,自觉性很强,大家都很用心地、静静地听常老师介绍情况。

常老师说:"广播电视大学创办形式是国家批准的,各省设有分校,采取免试入学,进行注册,使用统一教材,每个学期的期中、期末考试实行全国统考。毕业考试更是国家统一举行。日常上课我们采取听广播录音方式。"接着,笑了笑继续说:"我们这里没有电视。环境条件比较差,你们来自机关、企业、事业等单位,工作环境各不相同,有的很艰苦,但是你们都是有进取心、想干一番事业的人,都来求学长知识,这种精神很可贵。另外,每天晚上和每个周日是上课时间。"

朵朵小声地说:"老师讲得这么严肃,我真不好意思,第一堂课就带孩子来了,幼儿园下班了,今天实在没地方放。"

小伊秀低声说:"小虎林乖,不吵不闹的,没事。我也可以轮换帮你看一下。"

常老师说:"大家找一个同学当班长,每天负责点名和放录音。"有同学推选小倪来当班长,大家异口同声地赞同。倪班长开始放录音了,常老师看到孩子在教室里,他走到朵朵身边,温和地说:"孩子我先领出去玩,你听课吧。"

教室里很安静。虽然是阴凉的地下室,但这些学生脸上的表情透露着如饥似渴的求知欲。

同学们没有交头接耳地说话,都聚精会神地听。第一堂课下课了,教室里沸腾起来了,朵朵心急地说:"小伊秀,你听懂了吗?"小伊秀说:"没有啊!录音质量不好,听不清楚。"

一片嘈杂声中,听到一个同学说:"老师讲课有地方口音,是哪里人啊?以后都这样听课那怎么办?倪班长你向老师反映一下情况!"同学们把目光投向他。倪班长头发梳得溜光水滑的,那认真的眼神让所有人都相信他。他说:"好,我去反映。"小伊秀本身就是老师,她对着朵朵说:"我们结合着教材学吧,再说录音也是老师轮流讲课,不会都这样听不懂的。"朵朵回答说:"但愿是。"

常老师带着孩子回来了,把孩子交给朵朵。朵朵带着孩子和小伊秀走出教室,回家了。倪班长走向常老师如实地反映同学们的意见。

这种独特的学习方式是不脱产,时间对于每个人来说,都是挑战,而且学习内容量很大。开学两个月后,这些人都感到了压力。

朵朵和小伊秀上课前走到了一起。

朵朵沉重地说:"清晨四点钟就起床看书,复习昨天讲过的课程,六点钟做早餐,吃完饭,七点钟送孩子去幼儿园,八点钟准时上班。中午休息时,别人午睡,我需要抓紧看书。晚上下班去幼儿园接孩子,没有时间吃饭,接着去上课,孩子也跟着挨饿。这么紧张,我真担心学习能否坚持下来。"

小伊秀说:"你带个孩子更不容易。我呢,加班完成备课任务,课余要挤时间辅导学生和批改作业。之后,抓紧来上咱们的课程,还真是够紧张的。我还利用上下班坐公交车的时间,用心默默地复习我们电视大学课程的内容。"

这一天，地下室突然停电，同学们已不大惊小怪了，都知道这是经常发生的事。倪班长把早已准备好的蜡烛发给了大家，几个人围在一起，烛光里的人在一点一滴地补习丢掉的知识。

小伊秀喜欢现代汉语和古代汉语，每科分上、中、下三册，共计六册。她高兴的是对自己的教学工作太有帮助了。朵朵是同学中最快活的一个，她喜欢中国文学史和外国文学史。她有过目不忘的记忆力，《中国文学史纲要》和《外国文学讲授纲要》，她都能复述下来。重点的内容在书的第几页、第几行，位置是左上角还是右下角都能记住。每个时代的主要文学现象、流派、风格、作家、代表作品、思想、地位等都能清晰掌握并熟记在心里。

小伊秀说："外国文学作家的名字太长，不好记。"

朵朵对她说："外国文学，要想记住作家名字和作品名是有些困难。太多，好多作品都没有读过，要读原著才行。"她顿了顿，接着说："我还有个不是办法的办法，不按常规，偶尔换个方法来记，比如乔治·戈登·拜伦，你先记住两端的名字，乔治和拜伦。之后你想，中间还有两个字，戈登，加进去，这样就全想起来了。作品没有时间读，但必须把作品的内容提要及作者写的序或者说明仔细地读，有个简要的了解和概念。"说完对着小伊秀嘻嘻一笑。

广播电视大学开设三门主课，还有两门副课。课本都是由北京大学、北京师范大学等高校教研室专为广播电视大学编写的，其内容与普通高等院校的教材相当，系统、高水平、有特色，同学们学习这些教材，感到收获很大。

考试的时间临近了，同学们有时三五个人凑在一起议论一下，有的说主要看教材，有的说听课非常重要，还有的说学校临时请来的辅导老师讲的课也要听。

这个周日学校临时通知不上课，朵朵领着孩子来找小伊秀一起到江边复习功课。江水平稳地流淌着，江堤树丛中木凳子旁，孩子在玩耍，朵朵与小伊秀开始复习。她们俩采取互相提问的方式复习功课。这样做效果挺好，既能加深自己对知识的记忆，还可以互相弥补各自学习时出现的知识漏洞。这样集中精力啃书本，时间虽每分每秒地流失了，但知识点也一个接一个地塞进头脑了，她们感到充实、高兴和满意。

夏日，正是三伏天，骄阳似火。同学们从四面八方来到指定的考场。催人急的铃声一响，每个人都急速踏进教室，像上战场一般。只见考场里的同学们紧张地答题，闷热的风从窗外吹进来，更是热上加热。考完试大家走出来时，同学之间都在议论。

倪班长说："你们讲的那道题，我怎么没有印象呢？"

大家说印在卷子的背面，监考老师已提醒了。

倪班长凝重地说："哎呀！我紧张得忘翻过来看了。"

倪班长平常一本正经，很少言语，说话时没什么表情，不带笑容，学习还挺刻苦的，就是头脑好像有点"短路"。

坚持学习很艰难，它有来自各方面的压力。有一天，小伊秀说："朵朵，我听到了一些闲言碎语。有人说该学习时不学习，就是学完了也不如正规全日制大学的毕业生受欢迎。"

朵朵认真地说："你要明白，不管什么形式，学到真知识最重要！别听那些话。"

小伊秀又说："日常工作时，不能请假复习。考试时，请假也会遇到有人说三道四的。每个人都有工作，要正常运转，需要人顶替，谁帮你呢？"

朵朵用心地说："人嘛，不能要求一致，这是正常现象，要理解。对于替我们工作的人，要感谢，要主动关心人家，有能为人家做的事情，主动去做，学会感恩。"

小伊秀觉得朵朵遇到事情总会有正确的见解，这对她影响很大。同学们都在互相鼓励中，努力坚持着学习。

新学期又开设了写作、中国通史、文学概论、形式逻辑等课程，课程是越来越多了。好多同学都开始在头脑中画问号，怀疑自己能不能坚持下来。胖的累瘦了，瘦的累得更瘦了。

李群也来学习了。但她考试时作弊，被监考老师发现了，当场宣布那科成绩为零分。

考试成绩出来了。常老师开始公布，同学们眼睛盯着老师手中的成绩单，急切地想知道自己的分数。倪班长虽然少做一道题，还是及格了。朵朵和小伊秀成绩优秀，名列前茅。这也是对她们刻苦学习、努力付出的认可。

常老师说:"考试全国统一出题,复习时无边无际,确实很难。这次考试,咱们班一百多名学生及格率只有百分之六十。不及格的给一次补考机会。不过,补考的同学就是补考成绩获得了一百分,也只按及格处理。"

补考的同学负担很重。他们发牢骚说,学习学校请的临时辅导老师辅导的内容,占用了他们大量的时间,结果考试卷子里一道题都没有出现,还误导了他们,他们找出各种成绩不好的理由。客观地讲,他们对这事情,只分析对了一半原因,另一半还是自己努力得不够。

几年的学习,同学们的精力拖到了极限,都在拼心态,拼忍耐力。

上课时,小伊秀看见座位又空了几个。她对朵朵说:"又有同学不来了。"朵朵说:"等下课了我去打听一下。"放学后,朵朵回答小伊秀说:"一问才知道那几个同学不念了,坚持不下去了。"小伊秀说:"确实是挺难的,但是我觉得收获很大,可以系统地学习,增长知识,开阔视野。我们一定要坚持下去。"朵朵同意小伊秀的看法。

其实，人人都处在煎熬中，努力就能坚持下去，放松一点就掉队了。

东北的冬天，气候寒冷。

小伊秀手上戴一副线手套，外边还戴一副枣红色印有白雪花图案条绒布面的棉手套，这是朵朵给她缝制的。朵朵也是一样的装束，两个人骑着自行车又一起去考试了。小伊秀说："我们每年考试时间，夏天在三伏天，淌的是汗水。冬天在三九天，踏的是冰雪。"朵朵说："这真不假，把我们的汗水、毅力和智慧都书写在答卷上了。"

考场上气氛仍然是那么紧张。冻僵的手脚有些麻木，用手写字好一会儿才能顺畅。可是，答题的同学们个个面颊涨得通红，考场上静得只能听到笔尖在卷子上写字和翻卷子的声音。

考完了，朵朵和小伊秀走出教室，两个人相视笑了笑，感觉不错。

这时，倪班长又从后面赶上来了，他忙着问小伊秀："卷子上印的以唐代的诗坛为例，除了李白、杜甫两位伟大的诗人之外，谈一下以王维、孟浩然为代表的山水诗派及以高适、岑参为代表的边塞诗派的特色是什么，这道题怎么答？"

小伊秀说："我觉得分别答出各自的特色就行，你要能答出共同点和不同点那就更完美了。"

倪班长说："我总是想不周全，其实也不难，平时我都会。可是，一到考试时，我就紧张。"

小伊秀安慰他说："我个人是这样认为的，不一定对。你其他都答上了，已经很好了。"

第二天上课前，倪班长又来找小伊秀和朵朵，从书包里拿出两本书，送给她们两个人。小伊秀和朵朵一看，眼睛睁得大大的，放着奇异的光，脸上露出惊讶的表情。这是倪班长出版的硬笔书法字帖，他专攻行草，用钢笔写出了和毛笔一样的韵味。字体章法讲究，这可不是一日之功。

小伊秀和朵朵虽然不懂书法，但她们看着字帖里遒劲的笔力，肃然起敬，更深刻了解了倪班长，真是学啥都能学成。他态度认真，具有超人的毅力和决心，并不像她们平时想象的那样呆板。

三年学业结束了。这一天，同学们怀着喜悦的心情来到教室。常老师也高兴地走进来，从衣袋里掏出一支粉笔，在黑板上工整地写了六个字：同学们，毕业了!

他回过头来激动地说:"我与同学们一起度过了埋头苦读的日子,今天你们都有了收获。回想起这段日子过得很慢,同学们像骆驼行走在沙漠里,一步一个脚印;又好像风吹着流沙似的,挡不住那时光,日子过得却又很快。三年前,来报到的有上百人,三年后能毕业的只有几十人。同学们,愿你们明天更美好!永远做一个知识的追求者。"

大家围在常老师身边一起照了一张集体相。

之后,小伊秀对常老师说:"几年时间里,在广播电视大学的学习,改变了我们知识贫乏的面貌。这所学校,让我们学到了真东西,在日后的工作里学以致用。我们不比名校的学生,但我们也有知识与实力,这段人生学习经历,很好地磨砺了我们的意志力,以后也会经常记起。"

这话让同学们产生了共鸣,大家互相握着手,围在常老师身边不愿意离去。

· 第十六章 ·

朵朵走了

朵朵从广播电视大学毕业了,孩子也已经长到五六岁了。小虎林长得虎头虎脑的,很可爱。为了照顾安民,朵朵自己承担照顾孩子的责任。接送孩子,回到家中边看护孩子边在厨房里做饭。她是个很讲究条理的人,生活精打细算,一家三口人生活得很幸福。

盛夏,绿树成荫,骄阳似火。

这天早上,朵朵把屋子收拾得很整齐,回头看了一下,背着虎林去了幼儿园,然后正常上班去了。

轧钢车间停产,安民在车间里进行检修。突然,从炼钢车间方向传来了一声巨响,令人毛骨悚然。整个大地都在颤抖!朵朵!朵朵!安民下意识地扔掉手中的工具,冲了出去。只见人们从四面八方涌向了那里。

安民日夜担心的事情还是发生了。

浓烟、粉尘、热浪从车间的门窗滚滚冲出。救护车、消防车呼啸而至！大家在喊："发生了什么事？"人群中有人答道："钢水包爆炸了！"

安民咬着牙向炼钢车间奔跑，不顾一切冲进了像蒸笼般的浓烟滚滚的车间里。"朵朵！朵朵！"他疯狂地喊，努力地辨识方向，终于看到了吊车。只见工友们正在用被单把一个人从吊车上抬下来，安民看见被单上蜷曲着一个人，全身黑得像炭。她正是朵朵！安民大声地喊着，伸出双手想抱，可是无处下手。只听见朵朵微弱地喊了声"安民"，就昏过去了。

天空出现了雷声，下雨了。安民泪如雨下，眼睛模糊了，就像双手没有抓住朵朵，一时失手把朵朵丢掉了，永远地丢掉了。

送行的那一天，子豪在安民身边陪着他，默默无语。安民泣不成声，他一手领着小虎林，一手抚摸着朵朵。

安民喃喃地说："朵朵！你不要对我这样残酷啊！你就是全身残废了，我都会照顾你，陪着你！只要你留有一双眼睛，我就满足了。你不是说好你的眼睛就是我的眼睛吗！无论走到哪里，你都来为我领路吗！你要完成你的承诺呀！我的朵朵，你要去哪里呀？苍天啊！大地呀！这如何是好呀？"

小伊秀来了，穿着朵朵送给她的那件上衣，眼睛哭得红肿。她想起和朵朵的友谊，看看眼前的朵朵，心如刀绞，痛心地说："朵朵啊！我们刚从广播电视大学毕业，还有很多事情要做呢，你怎么就这样走了？"

芳琼来了，拿来一块白色的绣布，上面绣了一只蝴蝶，还绣了一行字："天长地久独飞还。"这行字正表达了安民内心的痛。安民与朵朵一起发过誓，天长地久，白头偕老，厮守终生。可是，今天朵朵抛下安民，独自飞走了。

芳琼一想到，曾经一起生活，一起走过来的同学，就这样没了，就很心碎。

工友们来了，把亲手制作的小白花放到朵朵的身旁，依依不舍地看着往日双眼如桃花，脸颊两旁略带红晕的朵朵，脸上的泪水不停地流淌着。

事故调查处理后，子豪说："据知，这次可憎的事故，是由于修砌钢水包时，炉火没有把钢水包完全烤干，就使用了。出钢时钢水把没有散尽的潮气挤走，全部憋闷在包里边，那膨胀的潮气被钢水封闭包在里边出不来，引起了撼天震地的爆炸。"

这次事故，还带走了年轻的炉前工、工段长和年长的工程师。

工友们的生命被钢花燃红了，朵朵就是那钢花中的一朵！

安民走在凄风苦雨中，雨滴在脸上，如泣如诉。他独自来到了江边坐下，身边的青蒿和野花随风摇晃着，好似带着微弱的哭泣声。他用手轻轻地摸着这些熟悉的青蒿和野花，就像抚摸着朵朵。一只美丽的蝴蝶飞在绿草花丛间，可是，顷刻随着风飞走了。他又抬头望见了云，好像听到朵朵从天上云间传来划破长空的呼唤声！安民恍惚中认为那是朵朵在喊着自己！安民脸上有一种无法言表的悲哀，他把这悲哀变成了幻想：朵朵没有走。

晚上，安民看见一颗明亮的星挂在天边，有一群星辰伴随着它闪烁，望见了星星就望见了朵朵的脸庞。安民想，这不是星星在闪烁，是微笑的朵朵如同蒲公英一样，那绽放如花伞般的种子不分昼夜地在飞翔。

第十七章

新的开始

转眼间，小伊秀的儿子大帅也上小学三年级了，她自己也升为年级教研组的组长。从广播电视大学毕业后，小伊秀学到了许多新知识，工作充满了无穷的力量，事业蒸蒸日上，人生的路正在向上攀登。她满腔热忱地对子豪说："我对教学工作，已爱到深处，我准备做个规划，探索一条新路。"子豪鼓励她说："我相信你有远大的目标，希望早日看到你的成果。"

有一天，学校里的同事顾老师走到小伊秀身边，眼睛闪着光，神秘兮兮地悄声说："小伊秀，我刚刚从南方沿海一个改革开放的小城市回来。那里的人精神抖擞，容光焕发，和我们这里不一样，整个城市在沸腾燃烧！"

小伊秀摸不着头脑，一脸惊奇，好像发生什么大事件似的！

顾老师接着说:"那里的人说话快,走路也一阵风。更新鲜的是,四面八方去的人说话也听不懂,但是似水的人潮还都往那里涌。听说好多人去了就不回来了,直接找工作,挣的钱比我们这里多好几倍呢!"顾老师说得眉飞色舞的,这让小伊秀想起一件事情来。

那一年自己家里月总收入103元,一家三口过着节约的日子,用省下的钱买了一台洗衣机和12英寸的黑白电视机。

顾老师说:"小伊秀,你知道吗?李群在背后计算你家的收入在生活支出后,是不是能买得起这两样家电呢。"

笑呵呵的小伊秀对顾老师说:"没事,她不嫌累就算吧。"这件事让小伊秀觉得好笑,李群真无聊。

顾老师刚想走,意犹未尽又转身滔滔不绝地说:"小伊秀,我在南方时,一个同学请我喝早茶,走进酒店抬头一看,啊!满天星密布的穹顶,我从来没有见过这样新颖的装饰。屋子很大,人又多,这样的气派真让我大开眼界。你都没有听说过,服务员不叫服务员,女的叫小姐,男的叫先生,经理叫老板。餐桌上先要喝茶,再喝汤,之后才开始吃各种小吃。有小笼屉蒸的水晶饺、牛肉丸、牛百叶、凤爪,等等。凤爪就是我们北方叫的鸡爪子,不管什么食物,一个小笼屉里只装三个两个的,非常精致,各种造型都有,关键是味道好。当时我一个人就吃了十三个小笼屉里的食物,旁边服务小姐窃窃私语,好像担心我会胀破肚皮呢!"顾老师说完了,觉得很有趣,自己忍不住在那笑个不停。

小伊秀似乎也感到社会在变化。那一年,她家粮本上存有一百多斤大米和白面的指标,平时没舍得领出来吃,准备留着逢年过节时用。可是,突然宣布取消粮本,那些没有舍得吃的细粮,一时间全部作废,市场上各种粮食放开,开始自由买卖了。

这让小伊秀联想到与顾老师说的那个南方改革开放的城市。

再过了几天,单位从南方买回一台彩色复印机,所有人都没有见过。有人拿了一张彩画,复印后与原件一模一样,大家都传着看复印后的画,感到十分惊诧和神奇!

又过了几天,顾老师来说:"小伊秀,听说咱们的校长应聘到南方那个城市工作了!"

小伊秀睁大了眼睛说:"那他这里的工作不要了?"

顾老师说:"新的做法叫停薪留职!更有爆炸新闻你听听,咱们市里的什么委主任和市里的什么领导也都辞职去了南方那个城市!"

这让小伊秀做梦都没有想到,那个地方怎么就这么有吸引力?小伊秀对这个蒙了层神秘色彩的地方很好奇,也产生了兴趣。她认为人生要有不同的经历并且具有挑战精神,才是潇洒走一回。人要关注新生事物,思变尤为重要,一生能有几回搏,机会难得,转瞬即逝。想到这里,她也想去那里,又觉得这简直是美丽的幻想。那几天,小伊秀盼望着顾老师多来几趟,能再带来点什么新的消息。

李群这几年没有多少人搭理她。她的爱好就是喜欢打听别人的事情,张家长李家短的。不过她也挺会巴结人的,见啥人说啥话。过去的时候对顾老师爱理不理的,这几天好像听到点什么,不管顾老师走到哪里,她都笑嘻嘻地迎上去。

这一次,正好又碰见顾老师了,她满脸堆笑地问顾老师:"听说你刚从南方改革开放的城市回来,那里工作好找吗?"

顾老师讨厌跟她说话，没吭声，躲开了。李群看顾老师走远了，朝他背影狠狠地吐了一口唾沫。她又皮笑肉不笑地来找小伊秀，亲近地说："你们去南方记得带上我呀！"小伊秀只是笑了笑。

改革开放的春风很快就吹遍了全国各地。

但是，周围多数的人对新生事物还没有反应过来，不敏感，习惯按部就班，或许他们觉得故土难离。其实，小伊秀和顾老师心里早就发生了变化，小伊秀主意已定。时光如流水，未来的日子何不去闯荡一番，看看外面的世界。客观上讲又谈何容易，这一走出去就意味着子豪和自己都会失去固定的工作，孩子会失去上重点学校的机会。到了那里不仅没有住处，还不知今后的生活是否有保障，一切都要从头来。这些天，小伊秀心里颇不宁静，她和子豪一直在琢磨着这件事情。

北方的十月，高粱红了，稻谷黄了。

小伊秀带着孩子坐着车，手里拿着自己家里的12英寸黑白电视机，回到母亲家。当她进屋时，母亲特别高兴看到小伊秀带着孩子回来。然而，母亲发现，他们把家里电视机搬回来了，母亲似乎有一点感觉，猜到了,眼泪马上落下来了,问道:"孩儿,你们要去远方,这是来家里告别的吧?"

小伊秀温柔地说:"是的,上次我和你说的那个南方城市。"

母亲家虽然没有电视机,但是她不喜欢女儿把它搬回来,她喜欢小伊秀带着孩子常回家看看。现在要搬走了,听说离这儿几千里,母亲舍不得孩儿们走那么远。她还不懂得什么改革开放的事。镇静一会儿后,母亲说:"人往高处走,水往低处流。那地方一定好,我知道你是下了决心才走的,我不拦你了。"

母亲是满族人,有一个古老的姓氏——瓜尔佳氏。她年轻时读过几年私塾,认识不少字。后来嫁人生儿育女,认识的字也没有用上,一心勤俭持家过日子,又是一个贤惠、懂事理的好人。平时话不多,一旦说话,每句都有用,看事做事有正确的判断。她那双大大的眼睛盯住你时,一眼就能把你的心思看穿。小伊秀儿时不大敢直视母亲的目光,就是看了一会儿也会赶紧把自己的脸转开,母亲的目光里藏着敏锐。母亲对儿女的愿望,不求大富大贵,平安就是福。去了那么远,扯不断的是思念。小伊秀安慰母亲,到了那边安顿好了，就接母亲去看一看（十年以后，母亲七十岁时，她真的来到了南方这个城市住了半年，开了眼界，并且非常喜欢这里）。

一声汽笛鸣响，绿皮火车的车轮缓缓地移动，站台上的芳琼、何木生和安民不停地招着手，故乡的山河渐渐地远去，这种场景使车上的人对故土产生了眷恋与不舍。车厢里顾老师一家三口和小伊秀一家三口各自带着一个行李箱，正式举家南迁了。

北雁南飞。北方的十一月，已值深秋季节，天气已经转寒。他们从火车里的窗户往外瞧，看见的是秋风扫落叶的景象。家家户户忙着储存白菜、土豆、大葱和大蒜等秋菜，准备过冬天了。顾老师说："挺好，我们不用干这些活了，南方四季常青，随时有各种各样的蔬菜吃。"

小伊秀还没有去过顾老师说的这个地方，她十分向往。白天，大人之间说着笑着，孩子们打闹着。买火车票时，他们舍不得花钱买卧铺票。到了晚上，大人们坐在椅子上时，身体会往前倾斜着，孩子们在身后可以躺着睡觉休息。列车日夜兼程，驶向山海关火车站停歇时,他们跟着车里的人们一起下车买了花生、葵花籽和烤小鱼,抓紧时间从车门又挤上来了,顾老师还没有忘记摸了摸兜里,确认东西都在。大人和孩子们细细咀嚼烤小鱼,感到特别有情趣。就这样坐着飞快的列车,穿过重叠的山峦和一望无边的田野,过了关,进了京,换上京广线列车继续南行。又跨过黄河、长江,大约奔驰2300公里,经过三个夜晚两个白天终于来到了南方,广东第一大城市羊城展现在眼前。树是绿的,山是绿的,天气没有丝毫寒冷的感觉。

火车慢下来,停了。这是小伊秀从来没有见过的大站,人潮涌动,拥挤得很。下车时是清晨,南方这个城市,天空还下着淅淅沥沥的小雨,小伊秀第一次感受到了暖湿气候。还没有出火车站,他们立刻脱掉身上的羊毛衫,露出长袖单衣。他们跟着人群走出站台,东张西望,想找地方吃个早餐。穿过熙熙攘攘的大街,却不知往哪里去。

顾老师见到一个老人路过身边,上前客气地说:"请问先生,想吃早饭该去哪里?"那位老者说:"你系呢度行去果度,穿过第二条横马路就到了。"

顾老师一脸发蒙,听不懂,忙从衣兜里掏出一支笔和一张小纸条，说："请您用普通话写下来吧！麻烦您了。"

那位老者写出："你从这里过去走到那里，穿过第二条横马路就到了。"

他们按照老者的指引走进小巷里，看见一个吃早餐的地方，进屋里坐下。顾老师来过南方一次，多少懂点习俗。服务人员马上就来了，微笑着说："饮茶？"

顾老师说："小姐，我们不喝茶，想吃面汤和油炸馃子。"

小姐说："你系边度人啊？来做乜嘢？"顾老师又听不懂了。还好，那位小姐见识多，知道他们听不懂广东话，就说："你是哪里人啊？来做什么？我们这里没有你要点的东西。我们这里有白粥、鱼片粥、皮蛋瘦肉粥，还有蒸斋肠粉、虾肠粉、各种小笼包。"

一提小笼包的事，小伊秀就笑个不停。

顾老师说："我们是北方人，路过这里，之后继续往南走，先吃点早饭。就点你说的那三样粥吧，再加上一笼蒸凤爪、蒸豆沙包和六个馒头。"

孩子们说："要那个用叶子包的方块形的。"

小姐说："是糯米鸡。"

顾老师说:"行!来两个。"

虽然语言不通,饮食习惯不同,但终于点完餐了,大家松了一口气,好开心哪!

东西很快都送来了,大家都着急想看看糯米鸡是个啥样子。打开荷叶一看,这个由软软的糯米、栗子、鸡肉、香菇和虾米组成的糯米鸡,清香扑鼻,香味四溢,孩子们最爱吃。

小伊秀说:"我们第一次看到,也是第一次尝到,真好吃。"

饭后,顾老师要付款时说:"请问,这个多少钱?"笑着又问:"广东话怎么说?"

小姐说:"唔该,里个给钱?"小姐又关心地补充说:"让老豆照顾好孩子,路上人多杂乱,注意安全。"

顾老师说:"老豆是什么意思?"

小姐说:"老豆是爸爸的意思。"

"谢谢!"顾老师回答道。

小伊秀点下头问小姐:"去往边陲那个小城深圳的火车是什么时间?"

小姐说:"9点9个字。"

小伊秀听不明白。

小姐说:"9点45分有一列。广东话5分钟叫1个字。"

"啊!多谢,多谢!"小伊秀感激地回答道。

顾老师马上感兴趣地说:"广东话'多谢'怎么说?"

热心的小姐告诉他:"'多谢'是唔该晒。"小伊秀在广播电视大学里学过中文课,知道方言里有粤语,是几大方言之一,很复杂。这回来到讲粤语的环境中,她感到语言过关,迫在眉睫。

陌生的边陲小城深圳,是一个很多人向往的地方。

城市里,一座座高楼大厦拔地而起,马路两边栽种各种南方特有的树木,错落有序地排成行,还看见一棵棵椰子树,它们的树叶像撑起的巨大羽毛伞。路过的街头、绿化带、立交桥下、公园里、住宅小区院落里和许多人家的阳台上,都可以看到开着深红、粉红、深紫等颜色的簕杜鹃,缀满枝头的簕杜鹃花娇丽夺目。环境不一样,人的精神面貌也不同了。街上人们走起路来还真是一阵风似的,不像北方人走起路迈着四方步的样子。见到的都是年轻的男男女女,人们说这个城市的人平均年龄不到二十八岁,或许是真的。

顾老师和小伊秀两家人合租一个两房一厅的房子。小伊秀看见顾老师每天翻着厚厚的电话本,把许多学校电话号码抄写好,然后去那些学校寻找工作,希望进一个学校继续当老师。小伊秀暂时找不到合适的工作,除了做家务外,空闲时看报纸上登的广告,每天上面都有大量的单位征招用人的消息,她都仔细地看着。子豪因为有专业技术,很快就去了一家公司上班了,孩子们都入学上课去了。

顾老师和小伊秀他们两家人合租的房子在向阳村。小伊秀刚到时,琢磨不透怎么到处都叫村,北方城市不这么叫。向阳村住的人口密集,楼与楼之间的过道只有一米多远,对面楼打开窗户时,人和人之间可以拉上手,当地人称之为握手楼。在这里住的房间都很小,他们两家人也不例外,六口人蜗居在这里面。可是举家南迁,他们都感觉人到高处,梦已圆,好时光才刚刚开始。

有一天晚上,顾老师、子豪、小伊秀在一起闲聊。

顾老师说:"你们听说了吗?这地方的人说什么很有钱,万元户不算富,十万元才起步,百万元才算富。"

子豪说:"不用猜,来到深圳闯荡的人,多数都没有钱。"

小伊秀一家带了 600 元钱，顾老师一家向朋友借了 400 元钱。

这些人处在压力之下，家里没有多余的存款，需要抓紧时间找工作。不利因素有很多，但是，这并不影响他们的热情，他们也没有不安。

顾老师对小伊秀说："你想想看，来的人都会遇到难处，要想享福，那就在老家待着别出来。根据我的感觉，未来都是美好的。"之后就哼了一支小曲子。

小伊秀说："顾老师，现实点，帮我参谋一下，我应该找个什么样的工作？"

顾老师说："依我看，这里机会多着呢，你一个女的，干本行当老师也行，我看你改行也行，那么多企业招文员，说不定就改变了你的命运呢。"

小伊秀觉得有道理，可以考虑。小伊秀在寻找工作时，看见路边竖起一块标语牌，上边写着醒目的两行大字："时间就是金钱，效率就是生命。"直接提出金钱观念和追求效率这种拼搏的精神，在当时无疑是有非常超前的胆识和勇气的，其他地方的人就是想到了，也不敢喊出来的。

晚上，小伊秀和顾老师说了白天见到的事情。

顾老师说："这是在告诉我们，社会在变革，新观念会不断地涌现，我们头脑里的思维要随时更新，跟上这快节奏的步伐。"

子豪接着说："来找工作的人很多是名牌大学毕业的本科生和研究生。"

小伊秀说："那我广播电视大学毕业的，要参与竞争，让这座城市接纳我、融进去，需要加倍努力了。"

子豪说："事实告诉我们就是这样。"小伊秀坚定地说："我可以去考试来证明自己。"

一天早上，小伊秀从报纸夹缝中看到一条消息，有个大企业正在招文员，决定去试一下。她穿着小翻领的蓝色牛仔上衣，配着黑色牛仔裤，脚上穿着一双墨绿色、系个蝴蝶结的运动鞋。眼下这个装束算是非常时尚了。她准时来到企业招聘室，稳重地递上相关资料，坐在那全神贯注地准备应试。

开始了，工作人员公布考试规则。五分钟的面试，其中两分钟自我介绍情况，三分钟回答考官提出的问题。面试官提出："你为什么要来我们企业？你怎么能确保完成这项工作任务？"小伊秀很顺利地回答完毕。

另一个考官又说:"来我们这里很辛苦的,要经常加班写文档。"小伊秀当即表态:"我热爱这项工作,可以完成公司交给我的任务。"面试官又强调,城市户口需要参加全市统考,合格后才可以入户,小伊秀点头表示明白。

小伊秀有一张使人难以忘却的脸,清秀、纯洁,给人留下很好的印象。难以置信,她将考试大纲中的500道题全部熟背下来了,参加全市考试时,试卷的语文、政治、哲学、法律和时事的题,都答得挺好,这只是其中的一张卷。另一张卷考业务,不用背,因为心中有数。一切就绪,小伊秀就这么顺利地成了这个企业的文员。

上班的第一天,公司召开董事会,由小伊秀负责记录并整理写出会议纪要。这可能是在考验她,她有一定的文字基础,准确地提炼概括了会议内容,层次清楚,字词规范地写出了一份合格的会议纪要。这份工作给小伊秀提供了锻炼的机会,日常会议上她见识到各位企业家的讲话水平,他们对复杂问题提出的见解,尤其在企业发展战略和重大事项上,领导的高瞻远瞩和决策能力,让小伊秀大开眼界,增长了很多知识。

再说一下顾老师,他进了一所学校继续教课。一天,他下班回来遇见小伊秀,迫不及待地说:"你猜,今天我遇见谁了?"

小伊秀急忙问:"你遇见谁了?"

顾老师说:"一个骑自行车、穿红毛裤的人喊我。我一看是李群!和她聊了之后才知道,她也来了,她还说这里很开放,穿什么衣服都行,没人管。并且,她与本地一个村长结婚了,家里有五栋小楼,收房租就有很多钱,都不用上班赚钱。"

小伊秀瞧了顾老师一眼说:"人各有自己的生活方式,没啥好说的。"

小伊秀在这个公司里扎扎实实地工作着,从企业的经营管理等实践中学会了处理各种疑难的事情,不断地得到锻炼。十年后,她已升任公司总裁了。她的儿子大帅也考入了名牌大学。

· 第十八章 ·

真诚的心

敏纯回想那一年,自己跟着阳光走了以后,一起来到阳光下乡的地方。在那里住了一夜,他感到全村的人都静悄悄地睡了。乡下的宁静让敏纯纷乱的心,渐渐静下来了,他开始理头绪了。

夜晚,珍珠色的月光洒进了屋内,周围听不到一点声音,屋里只有敏纯和阳光还在说悄悄话。

敏纯说:"阳光,你喜欢我们户?"

"是。我爱我哥哥,我见到你们男同学和芳琼还有朵朵等女同学也非常高兴。"阳光说。

敏纯问:"女同学中你最喜欢谁?"

阳光说:"我都喜欢!"

敏纯说:"你真聪明!"

阳光反问敏纯:"你喜欢谁?"

敏纯沉默了一会儿说:"我喜欢芳琼。"

这样啊！阳光又不吱声了。阳光心里想，你怎么不早点表白呀！其实，敏纯早就在言行中流露出来了。现在的这个结局，敏纯没有想到。

敏纯说："阳光，我们谈谈眼前，你对自己的前途怎么打算的？"

阳光很快就回答道："上大学！"

敏纯说："我也是。"

两个人商定，边劳动边等考大学的时机，去读书，相约大学。这样说好了目标后，各自也都睡去了。敏纯第二天吃过早饭后，就回到马鞍岭村了。

敏纯刚刚回来劳动没有几天，就听人说："阳光心脏病犯了，急送到医院去了！"敏纯心急如焚地赶到医院时，看到的只是一双蜡黄的脚。安民赶来时看到的是同样情景。阳光的心脏病复发了，三个小时内抢救，是最佳的时间。可是怎么努力也到不了医院，路途远，交通不方便。敏纯知道安民悲痛的心情，安民脸色灰白得像木头人一样，毫无表情。对这种事情，愁！悲伤也没有办法。然而，一个男人，对突如其来的事情，再难也得扛住！

就这样，一个慈眉善目的、长得喜庆的男孩面孔永远定格在同学们的脑海里。二十一岁的阳光,像一颗蒲公英的种子,随着风儿飘动,从空中轻轻地落了下来,回到那曾经劳动的大地之中。

这年九月,敏纯带着和阳光一起约定的理想走进了大学,开始系统地学习知识。从那以后,敏纯消失了几十年,同学们都不知道他的去向和消息。

· 第十九章 ·

从头再来

一排排的红砖灰瓦平房,前后坐落有序。这里是江钢工人家属住宅小区。临近黄昏,炊烟升起,厨房里、饭桌上正忙,再晚些茶余饭后,大人、孩子们陆续从家里走出来闲逛,微风吹拂在人们的脸上。

安民与工友久子静静地坐在院子里的一条长椅子上,久子的右手指间夹着一支烟,他慢慢地举起手来,把烟放进嘴里深深地吸了一口,只见出现一点小小的闪光,那带辣味的烟雾飘过了眼前。

久子小声地说:"安民,这一段时间听说市里的造纸厂、锹厂、大修厂都解体了,工人有的经过企业与其共同研究协商,拿到应得的款,经过批准后解除劳动关系了。我们钢铁企业是工业的基础,整个经济发展都离不开钢铁,不会也有问题吧?"

安民说:"这情况不太好说!看大形势好像是在调

整的范畴之内,我们厂子也有重复建设、产能过剩、供大于求的现象。我们企业状况反映出部分大、中、小企业的共性问题,就是技术和设备相对落后,资源消耗高,原材料短缺。再说多数企业重复建设了医院和学校,加大了企业的负担,我觉得社会要出现大的变革。"

久子担心地说:"咱们厂子银行贷款很多,经营不善出现了亏损,好景也不会长,厂领导和上边来的人总在开会研究什么事呢。"

安民和久子两个人已经嗅到了危机,工友们三三两两也在交头接耳悄悄地议论着。

安民说:"我们走着看吧,谁也阻挡不了形势的变化和历史车轮向前发展!"

工厂的礼堂里正准备召开全体职工大会。台下坐的不是以往的几百人,而是现在的几千人了。有头发花白了的五十岁左右的老工人,有年轻一点的学徒工,有未婚的姑娘,还有已婚的妇女。

开会前,大家海阔天空地聊着。女人们说什么家里孩子又要交学费了;什么谁家又吵架了,要找工会评理去;什么家里生活又困难了,要找厂里申请补助了。"工厂是家,缺啥要啥",当时厂里人都流传这句话，可见依赖性多么严重。男人说什么邻居的机械厂黄了，现在市里这样的事情越来越多了，工人怎么办呢？这种事情会不会轮到我们厂子呀？等等。开会了！会场里立刻鸦雀无声，每个人的眼神都投向台上领导的脸上，等待他的讲话。

厂长终于开口说："各位职工好，最近大家都在议论和关心我们厂子的前途问题，这也是我所关心的和今天要给大家讲的事情。"

厂长讲了大约两个小时，最后说："根据我们厂子的具体情况，经过上级批准，现在决定，江钢也纳入这次调整范围。厂子领导和选出的十几个管理层人员留守并按照相关规定做好善后处理工作。大家有什么不明白的地方和具体要求，会后找我们商量。"

台下乱哄哄的一片。工友们止不住地议论起来，说来说去，就是让大家重新就业了。这说来就来，没想到来得这么快！厂长讲的大道理我们一时还弄不懂，眼下就关心职工自己的安置问题吧！根据江钢的情况，谁来兼并这个企业，还是也解体，听说还没有意向，不知何时何日？工友们感觉那也与自己没关系了。已经停产了很久，工资也压了几个月了，形势确实很严峻。散会后,工人们没有马上走开,人群中议论纷纷。

第二天,安民找到久子两个人又坐在那条长椅子上商量。

久子抢先说:"我们工厂这么多工人,多数都是四十岁开外、五十岁刚出头的人,上有老,下有小,孩子们正在读书,生活需要钱来支撑,走向市场再就业,难呀!这么多富余员工怎么处理呢?我们还好,工伤已有保险,但也不够。"

安民说:"我们面对现实吧,各方面都要做好充分的准备,去迎接到来的困境。眼下我们只能选择买断工龄,就像厂子里说的那样,按照我们的工龄、工资水平、工作岗位和厂子双方协商一次性支付给应该得到的款项。之后再协议其他保险事项,最后想办法再就业。"

两个人商量好之后,久子挂着拐棍和安民一起肩并肩朝着工厂的方向走去,回到工厂里的轧钢车间。工友们一时没有了方向,看到安民和久子走进来,一起围上来了,七嘴八舌地说:"工段长,我们在这车间里工作了十几年,真的说散就散了,你和久子都有工伤,那以后去干什么呢?我们就像树叶被风裹挟着不知去向。"

安民说:"我们男子汉,不能像一片树叶,我们要像一棵大树,立得住,经风雨见彩虹!"

协商开始了。工友们一个一个地算账,收到了应得的款,涉及的各种保险问题再与工厂一起商量了办法,经过一段艰苦的工作,总算安抚好了。

这一天,安民、久子还有工友们在轧钢车间里站了很久,望着这曾经工作的地方,手摸着这些机器。不顾自己的生命危险一起战斗了这么多年,要离开了,它们还安静地在这里,不知道怎么处理。工友们与机器、车间就要分开了,这里将成为他们永久的记忆。工友们因为招工一起走进来,那时是朝气蓬勃的小青年,见面都称兄弟,这世上无私、坦率和快乐的人群正是他们了。现在又一起下岗、解散走出去时,已是成家立业的壮年。眼下,工友们也不想看清对方的脸是什么表情,从互相打招呼的语调中能感到心情的凝重。别了!工厂和车间。别了!工友们。

安民和久子又来到院子里,在那条长椅子上坐下了。

安民说:"久子,我去了很多单位,他们倒是很热情地接待，也同情和理解我们，但是都表明有自己的富余员工安置不了，是不可能录用我们的。"

久子认真地听后说："安民，我走路不方便，没法去找工作，让你费心了。"

安民说："久子，你放心。我寻工作时一定带上你的工作要求。现在，我们车间的那些工友也没有找到工作。他们有的在市场排队等待零活干呢。我看，那不是长久的事！我们俩仔细地商量一下，选择自己能干的事来做吧。"

两个人凑在一起，你一言我一语地议论着，认为他们现在已经打破了铁饭碗，同时还要打破他们爱面子的想法。他们有铁打的身骨，还担心挣不来钱养家糊口吗？无论干什么工作，只要是自己出力，用汗水挣来的钱，就没有什么不光彩的。他们想自己创业，看看他们现在的状况，找自己能干的事情，就是卖力的活也可以做。

久子说："最近，到处能听见《从头再来》的歌声，那歌词很使人振奋，歌词是：昨天所有的荣誉，已变成遥远的回忆。辛辛苦苦已度过半生，今夜重又走进风雨。我不能随波浮沉，为了我挚爱的亲人。再苦再难也要坚强,只为那些期待眼神。心若在梦就在,天地之间还有真爱。看成败,人生豪迈,只不过是从头再来。"

安民说:"我也听到了,挺鼓舞人的。我看咱俩还是现实些,我先租个三轮车,去街上拉客人。你爱书,喜欢书,就在街上摆个书摊吧。"久子说:"卖书!可以呀,边卖边看,那卖什么书呢?"安民说:"各种儿童启蒙教育书,边干边学摸索着来吧。"两个人商量好准备创业了。

几个月过去了。这寒风刺骨的冬天,山都冻得发暗,天空飘起了小雪。安民看见街拐弯处站着两个人,好像在找车。安民拉着人力车走了过去,正是一个中年妇女扶着一个老妇人要去医院。这两个人的头上都围个大围巾,还戴个大口罩。安民戴个棉帽子,围在脖子上的围巾也遮挡着鼻子和嘴,用它可以挡住些寒气。安民两只脚用力地稳稳站住,两手攥住车把,终于安全地把人送到了医院门口。那个中年妇女从手套里拿出一元钱,付给拉车人的时候,安民说:"芳琼!我们是同学,不用付钱了。"

安民听到车上两个人说话时,就知道是芳琼,十分熟悉的声音。多年后,芳琼一直在后悔,当时怎么不把钱扔到车上呢?安民多么不容易。芳琼又一想,这不是钱的事,是同学多年的情谊。

安民顺着街边走到一个小屋旁。风刀雪剑的冬天,久子临时租了个小屋子。安民放下车子掀开门帘子进了屋,久子正在整理图书。安民随手放下一小卷东西,打个招呼就走了。过了一段时间,久子稍微空闲时,把它打开一看,原来是由五角和一元组成的一个小钱卷。安民知道天冷买书的人少,这钱虽然不多,却是一种牵挂。安民想冬天冷,路滑时坐自己车的人多些,自己比久子挣的钱也能多点。

在小屋里铁炉的盖子上,放着一个铝饭盒,饭盒里正冒着热气,饭香味也在小屋里飘着,这是久子给安民准备的午饭。久子还专门给安民放了一个暖水杯在那里,等他口渴了会来这里喝点水。这时他转过身子,把杯盖扭开往里加点热水,把自己对安民的关心和体贴都装进了杯子里。工友间不需要过多的言语,相互都装在心里。

久子知道安民也很不容易,有几次,遇到坐车的个别人也不太礼貌,言语过激。久子与安民吃中午饭时相互交流倾诉着，安民说："社会上什么人都有，不要跟他们一般见识，就假装没听见。当初选这份活时我就有思想准备，不认为这份工作在社会上有多卑贱，地位有多低下。选择出苦力，是生活不允许自己停下脚步，是独立自主的一种劳动方式。"好强的安民想，说不准以后自己还能成立个车队呢！

生活督促安民每天很早爬起来，独自出门快速上路。送走一个皱纹爬满脸庞的老爷爷，又迎来一个急匆匆赶路的外地人。安民熟悉每一条大街小巷和每栋房屋坐落的地方，用他的脚步丈量它们的距离，准时地把这位外地人送到了要去的地点。这个心里敞亮的人说："一看你就是好人，有机会我还会来找你。"安民点点头。

春天，万物复苏的季节，安民像棵无人知道的小草，不寂寞，不烦恼，徐徐春风把他吹暖。南方的小燕子飞回来了，房檐下屋顶旁，忙碌的燕子一口口泥，正在垒窝，到处听到它们叽叽喳喳的叫声。安民累了，就扶着空车站在那听一会儿。

夏天来了，天气炎热，安民凭着不变的毅力坚持着。

秋天来了，一场秋雨一场凉，正是安民出力的好时节。

冬天又来了，寒风吹走路面上的雪，安民迈着大步行走在城里的街道和胡同之间。冬天没人坐车时，西北风冷飕飕的，有人坐车时，拉起车来走路就出一身热汗，稍闲暇时汗水浸过的棉衣变成一层硬壳直挺挺的，风直往里钻。

不同的季节、不同的人群给安民带来不同的味道，令他细细地咀嚼着这耐人寻味的人生。

几年以后，那个匆匆赶来的外地人，专门找到安民，商议与他合作投资，在市里成立一支小汽车出租车队，由安民负责管理，把这个行业做大做强。安民的儿子虎林考入了大学，学习医科专业。久子不再摆书摊了，成功地在互联网上开了书店，真诚的服务让他的书店成为市里网络书店十佳店之一。

· 第二十章 ·

相　逢

芳琼的儿子亮亮大学毕业后，获得了去英国留学的机会。那是一所很好的大学，亮亮硕士博士连读，并争取到了奖学金。

何木生说："芳琼，你去参加儿子的开学典礼，我在家里继续干活。"

芳琼说："哎呀，不差那几天活，我们都去，你忙也可以晚些天去英国。"芳琼说话的工夫，已找好了自己随身带的物品，准备提前几天去参加儿子的开学典礼，何木生与自己的签证手续都已经办好，开学典礼前何木生来参加就行。儿子早就去报到了。

芳琼心情激动，要去英国陪儿子几天了。时间虽然不算长，但也是开心的事。那天，她坐了十几个小时飞机到了伦敦，入境和出机场时，芳琼脸上一片茫然，除了航班号的阿拉伯数字外，其他英文都不认识。

虽然以前学了点,但与机场出入境用的语言不同,她感到自己像个文盲,又感到一切都过于陌生。她决心把儿子培养成为有用的国际人才,实现自己的梦想,这也是她和何木生一辈子的愿望。

由于事先有朋友的帮忙,芳琼很顺利地联系到了住处,是一个华人博士家,离儿子学校不算太远。

芳琼和朋友来到博士家门口。一座两层小洋楼,楼顶由几个大小不等的人字形的房脊组成。门前一块整齐的长方形绿草坪,草坪四周的边好似画的框,修得笔直笔直的。这草地又像铺着一块绿色的地毯。落地玻璃窗的窗框也是人字形的,窗台上摆着几盆鲜花。院子里一条弯曲的小路直通房门。小路左边有棵大树,树杈拴着绳子,上面带着木板,是小朋友玩耍的秋千。右边有几株花,深、浅紫色相间。车库大门对着院子前边一条横着的街道。

住户门前挂着精致的门牌号码,芳琼左右观看一下,各家门牌制作不相同,颜色和图案是经过主人精心设计的,更像有观赏价值的艺术品。再看门牌对面墙上安装着一盏小电灯,配有乳白色的喇叭形的小灯罩。晚上这盏小电灯的用途是照亮院子,也方便过路的人看清门前的街道。这时，朋友敲门把博士请出来了。

只见一个中等魁梧身材的男子，五十岁出头的样子，紫酱色的一张方脸，在浓眉下有一双深邃的小眼睛。

朋友介绍说："这是老乡敏纯。"

芳琼愣在那里。多么熟悉的名字！可是眼前的这个人她不认识。

朋友继续介绍说："这就是来借住的家长，就叫她芳琼吧！"

博士也愣在那里了。五十岁刚出头的芳琼，已是中等发胖的身材，上身穿着一件深灰色带小蓝暗格、格子交叉处有乳白色小圆点的立领偏襟式的夹袄，下身穿着一条宝石蓝色的裤子。年轻时的大眼睛在这个年龄的脸上已经不那么明显了，饱经风霜，皱纹早已爬上眼角，整齐的刘海也不见了，正头顶的头发掉得能若隐若现地看到头皮了。

敏纯壮着胆子问："你是小西沟的芳琼吗？"

聪明、敏感又沉稳的芳琼，反应过来了。虽然眼前这个人变得没有了青少年的模样，但他的声音没有太大的变化。他就是自己心灵深处曾经思念过的敏纯。

芳琼调皮地说:"你说呢?"

敏纯说:"当年芳琼也是穿着银灰色带蓝格子,那件我记得是平方领的上衣。她喜欢这个颜色,今天穿的只是深灰色带小蓝格子、多了乳白色小圆点的夹袄,主色调没有变!"

芳琼故意说:"我穿得不够洋气,觉得与这小洋楼的环境不相匹配。"

其实,芳琼学过刺绣,知道色彩怎样搭配,还真是个行家里手。

这突然的相逢,让分别多年的他们感到意外,朋友也不知情,随意说:"那更好,知根知底,先住下,有什么事情再商量。"

朋友客气一会儿,要回去了,敏纯和芳琼送走了朋友。

敏纯拎起了芳琼的一些行李。

芳琼跟进了屋。

客厅,原木本色地板擦得很干净。回头看,门上挂着扁形的花篮,紧贴在门板上,花篮内装有几串紫色成熟的葡萄,葡萄藤上长有七八片绿色叶子,一串葡萄像要掉下来一样。客厅窗户挂有乳白色通透的纱窗帘，中间分开，能看见窗外的绿树和草地。客厅棚顶一盏意大利式的吊灯，由五个喇叭形玻璃罩组成，向下悬挂着，十分绚丽。两个沙发中间摆着一张原木色的方形桌子，桌子上放一盆常春藤，茂盛的藤蔓相互缠绕地爬着。客厅还有一张实木本色餐桌，桌子上摆着蜡烛台并有一根红蜡烛竖立其中，还有贝壳形的餐巾纸架，周围配有和餐桌同样颜色的六把木椅子。

向前望去，旋转小木楼梯通向二楼的卧室。楼梯的过道处，有一木制小桌子，桌子下面有两个大的木轮子，桌子上下两层，中间隔板上放着少许的日用品。桌面上摆一个相框，里边装有主人打高尔夫球的照片。相框旁边有一个白色的瓷壶和一对瓷杯，没有配椅子。方便主人可以随时喝水后走开。

路过一间空房间。往里是小朋友的房间，墙壁上左边贴有小洋娃娃和青蛙等各种卡通图片，右边珍珠项链形的图案中间系着一朵花，还挂着红、黄、橙、蓝、绿、紫、粉色的小彩球。紧接着贴有一张日历表，表格里写着各种活动安排。

墙角有个木柜，透过玻璃可以看到一个金发布娃娃,穿着粉色带白边的小裙子,头戴发卡和粉色的蝴蝶结。她右边一个小男娃,穿一套海蓝色底带黑白相间图案的小衣服,坐那跷起一条小腿,脚心向上。左边站立另一个男娃娃,穿着一件红紫色小上衣和黑底带紫格子的小裤子,朝上看的小脸大笑着。一派活灵活现的场景,可以看出住在屋里的小主人多么幸福。

他们没有继续往前走,那是房主人的卧室,主人和客人的卫生间是分开的。芳琼又调皮地说:"集体户刚开始时,一个公厕,谁去之前,都要大声咳嗽几声,或高声唱几句,都小心翼翼的。后来经过修改才分开为两个独立间,并写上男、女字样。"两个人对笑起来。

敏纯和芳琼来到一楼厨房。开放式的厨房,长长的大理石台面好干净,橱柜里放着各种型号的不粘锅,餐具都一排排地在橱柜里装着。冰箱非常大,洗碗机、烤炉整齐地摆在那。最让芳琼感兴趣的是洗菜的水池里,如果杂物多了(尖、硬物品和金属除外)可按墙上的开关,就看见通向下水道口有个卷刀,"嗡"的一声,转起来把打碎的杂物直接冲走了,这些都是芳琼第一次见到的稀奇物。

回到客厅,敏纯让芳琼坐下。

敏纯说:"朋友来找我帮忙,向我介绍一个观摩儿子开学典礼的老年人,说这个人很好,临时找个地方住,就找到我了。看见你,我觉得好笑,哪里是个老年人?你就住楼上空的那间吧。"

芳琼很感激他的帮忙。

芳琼说:"你的太太和孩子什么时候回来?"

敏纯说:"我女儿七岁了,叫丹丹,上小学一年级,一会儿放学就接她回来。太太去年生病已过世了。"说完他沉默了一会儿。

芳琼很难过,说:"可怜的孩子呀,哎!敏纯你也真不容易!我也想知道你这些年都去哪里了。"

敏纯说:"我从集体户走了以后,为了找你曾经回过小西沟一次。在村口遇见了阳光,听说户里和你的情况,特别是你已经成家,对我打击很大。说句心里话,我们在一起的时候,你那聪明、娴静的样子打动了我。当时,由于年少,前途渺茫,不知道今后如何,我又比较自私、虚荣,想考学有个样子再去找你,结果成了我终生的遗憾。不瞒你说,无论什么时候,我都不能忘记你。"

敏纯是个表面不露形迹的人，沉稳。芳琼相信他说的话。

敏纯与芳琼这次突然相逢，是他们做梦都想不到的事情。

敏纯抑制住激动的心情，很自然地说："我知道你学习成绩很好，在班里一次考数学时，有一道题我问过你才答出来，你应该有很好的前途和理想。"停了一下，继续说："后来，我在马鞍岭村劳动了几年，终于等来上学的机会，念完了四年大学，我考入英国的一所大学。克服了很多困难，坚持把硕士和博士一起攻读完，所以成家很晚，目前在一家公司工作。"

芳琼沉默了几分钟，说："我很高兴能见到你，我敬慕你。我也曾经思念过你！我把你给我的那双劳保手套保存至今，以后有机会还给你吧。我那时候很难，孤独、寂寞，也不知道你怎么样了。虽然觉得你对我挺好，但是，又好似片刻的，不真诚，几年又没有你的音信。当时，我试图复习功课，但就是拿起书来，总停留在第一页，每行字从眼前闪过却是印象全无。形势告诉我，考大学几乎是没有希望的，我和你们不一样，这一点你也应该知道的。"

敏纯身体靠在桌边，认真听完芳琼的话，沉默不语，镇定了好一会儿，然后才开口说道："我想问一下，你是否违背自己的意愿嫁给了何木生，你和他结婚是真心的吗？"

芳琼听了敏纯的问话，潸然泪下。她说："何木生的文化水平虽然不高，但是他的思想品德是高尚的。他对我的爱不附带任何条件，我有充分的理由告诉你，我为什么嫁给何木生。你听了以后，也就知道他为什么值得我这样做了。"

芳琼没有后悔自己的选择，认为自己的感觉是对的。

敏纯心里想，芳琼无论怎样辩解，在选择恋人的标准上，不应该是何木生。敏纯觉得何木生勤劳朴实，人品挺好，可是他不是读书的人。芳琼不一样，她是善于思考，有理想、有才华的人，当年入中学考试时，数学和语文都是满分，成绩在班里也是名列前茅，在整个年级也很出名。敏纯离开小西沟那些年，他当然不知道也不理解，当时的芳琼不但没有机会上大学，就是回城找个临时工作都很难！

芳琼说："不谈这些了，我在你这里住，有点不合适，不太方便，明天帮我换一家吧。过几天，何木生也来参加孩子的开学典礼。之后，我们就一起回去了。"

敏纯安慰她先住下，答应帮她想办法。

敏纯准备接孩子去了。芳琼也来到门口，看见院子前面街道的路口旁边，放着一个小朋友的模型，手中举起一根长杆，长杆顶部贴个小红旗。后来她才知道这是提醒大家注意了，这附近有学校，少年、儿童随时要过路口，要特别关照孩子们的安全！

芳琼看见远处，敏纯手里领着小女儿过来，越走越近。小女孩身穿粉色连衣裙，圆领的沿边还配有白颜色的小花边，外套是一件乳白色的小马甲。乌黑亮丽的长发，白净的小脸，皮肤娇嫩，一双机灵的眼睛，修长的睫毛，纯净的眼眸，就像芭比娃娃似的那样美。

敏纯向女儿介绍说："这是芳琼阿姨，来参加哥哥的开学典礼的，暂时借住这里几天。"又对芳琼说："这是我女儿，丹丹。"

丹丹对着芳琼微微一笑，很有礼貌落落大方地向芳琼伸出小手。芳琼立刻用两只暖烘烘的手，去握住她那一双热乎乎柔软的纤薄白皙的小手。这一刻，芳琼流露出心中的母性，将丹丹紧紧地搂住，孩子需要有母爱。孩子觉得这像是妈妈，悄然地依在芳琼怀里。

晚上，芳琼俯下身子看着孩子的小脸，亲切地说："丹丹，学校有什么有趣的事情给阿姨讲讲好吗？"丹丹说了一个小朋友淘气了，另一个又怎么样和她玩了，等等。说完后，她胆怯地提出要和阿姨住在一起。芳琼高兴地说道："好啊！我的小宝贝。"芳琼希望自己能给孩子带来温暖，安抚这颗幼小的心灵。

次日清晨，芳琼像往常一样早早起来，洗漱后来到厨房。可是她却不知从何下手来做早餐。这个曾经做过二十几个人饭的人，现在有点犯难了。

这时，敏纯也来了。他说："早餐很简单，面包是超市里买来的，可以用小烤箱烤一下，牛奶可以直接喝，也可以加热放些燕麦，配点煎蛋和煮熟的小草菇就可以了。"

芳琼表示这样没有滋味，还是老家的吃法好，粥配咸菜，或豆浆配油条，加上馒头。可是这里没有卖馒头的。

敏纯在厨房不由自主地想起久远的往日，齐刘海下两只眼睛被烟熏得不断流泪、年方十六岁的芳琼在集体户做饭时,他总是去帮厨。刹那间,敏纯好像又看见在豆垛上用双手接手套的芳琼。眼前这个五十开外的女人,少女时的模样又出现了,对她原来的感觉还是存在的。芳琼的出现,让敏纯想起了那天真纯洁的时代,这遥远的记忆又回来了,又从她脸上发现了时光的痕迹,分别多年已淡漠的情感,又被相逢捡起。眼前,两人各自的家庭分别在告诉敏纯与芳琼距离是什么。此情、此景、此刻,敏纯不能谈过去心照不宣的事情。敏纯这时候的心绪深深地埋在心里,没有流露出来。

在敏纯的帮厨下,他们做好了早餐。吃过早餐,敏纯送丹丹上学,自己也去上班了。

芳琼擦地板,擦玻璃,清洗厨房餐具。忙完后,她把丹丹的一件粉色小上衣拿来,准备绣几个小图案。她喜欢随身带上绣针和彩线,有空闲时间就绣点什么。她打开包,用手拿出绣针和彩线。想了一会儿,在左领子边绣出一个向左右分支的灰黑小花梗,左分支的梗弯处绣出两朵小花蕾。布衫前襟右下方,再绣一只小鸟。在咖啡色小鸟的头上,用黑线绣出两只溜溜圆的小眼睛,接着绣出小鸟的身体,它有着一个向上翘的小尾巴，鸟身绣出两只绿色展开似要扇动飞翔的翅膀。

芳琼是心灵手巧的绣娘，绣出的图案非常灵动，她对生活从来都充满着希望和情趣。此时，已到傍晚。她找出现有的材料，给丹丹做顿中餐，让孩子品尝一下。她看冰箱里有胡萝卜、豆皮（豆腐干）和青椒，她又找一点干粉丝用水先泡上。芳琼想到以前做盒饭时，学校里小学生最爱吃的饭菜来，决定做个大米和小米合着煮的二米饭，把豆皮切成丝和青椒丝炒在一起，再把胡萝卜条和粉丝炒在一起。她要看丹丹喜不喜欢吃。

晚上，敏纯去学校接丹丹放学回来，孩子进屋后，看到餐桌上摆出了芳琼做的饭菜，睁大眼睛看了好一阵子！芳琼说："丹丹，阿姨给你炒了两个菜，不知道你喜不喜欢。"

丹丹转头看着敏纯。敏纯说："去吃吧。"丹丹大口地吃起来，不停地说："谢谢阿姨！真好吃！好吃！"

芳琼说："我明天去亮亮那看看。"

敏纯说："我送你去吧。"

芳琼说:"不用了。他来接我。"

亮亮的住处是和同学们一起合伙租的房子。附近还住着其他同学。

何木生明天也要来了。他不会英语,更没有出过远门。子豪按照机场的程序,进行登记,帮助何木生办理需要的手续。何木生为了做充足的准备,还让子豪帮助写了地址、电话等几张纸条揣在兜里。经过几番折腾,终于与芳琼会合了。

敏纯按时间准点到机场迎接,芳琼介绍:"这是小西沟我们集体户的敏纯。"何木生看见了敏纯也来接他,十分惊讶!他憨厚地笑了一下,忙着说:"谢谢,谢谢!我认识你,你也在小西沟下过乡。"

敏纯说:"是的,欢迎你。这么多年没见面,那时你还是毛头小子,现在已是健壮的男子汉了。"

敏纯看着眼前的何木生,是多年在风吹雨淋里劳动过来的硬汉子,强有力的双手显出粗糙,手上的皮肤带有小裂纹。穿的上衣洗得很干净,连袖口磨出的痕迹都能看清楚,衣服上的每一颗纽扣都扣得规矩。他的脸上带着憨厚的笑容,敏纯认定他确实是个淳朴的好人。芳琼看了看何木生后对敏纯说:"敏纯,麻烦你把亮亮捎到学校附近的住处。"

何木生上了车一同去了敏纯家。芳琼担心何木生有负担,告诉他,我们暂时住几天,参加完亮亮的开学典礼就回去。

到了敏纯家,何木生在客厅里转了一圈,目瞪口呆。心想,这就是我们要借住的地方,我一辈子也买不起这样的楼房!太豪华了!但住着拘束,我还是喜欢自己普通的家,虽然简陋,但是舒服。忽然心灵一动,有朝一日,我能不能盖一栋这样的小楼呢?

何木生上下打量一下敏纯,整齐的西装还系了领带,举止言谈风度翩翩,是个十足的文化人。敏纯话不多,用眼睛看了何木生一下,微微一笑说:"来了,安心住,我尽一切努力帮助你们。"何木生相信这是真诚的,就是亲属也莫过于此。

何木生见了敏纯的女儿丹丹,特别喜欢!他也是当父亲的人,知道丹丹的情况后,视丹丹为女儿一样疼爱。

何木生来了之后第三天就是开学典礼。儿子亮亮见到何木生很是亲切,深深地理解父亲的不容易,奋斗了大半生,只要能干的活,他从来不挑,默默地都干了，一切都是为了自己读大学和继续深造，等到自己有能力时，一定要让父母过上好日子，享受到人间之福。

开学典礼终于举办完了。何木生住在这里仅仅是短短的几天，他心里却好像过了好几年。越是这样越觉得不安，这里不是自己待的地方。他似乎在问自己，人与人之间差距怎么这么大呢？好像有点心事在搅动。想起来了，以前芳琼在自己面前讲过敏纯。后来，一直没有再提起。

何木生相信他们之间是清白的，是纯洁的友谊。何木生仁慈，可怜丹丹这么小，就失去了母亲，身边需要像芳琼这样的人陪护。况且，芳琼本应该找敏纯这样的人才配得上。过去的大半辈子，芳琼跟自己吃了不少苦，自己也给不了芳琼像敏纯所拥有的物质条件。何木生没有读过太多的书，可是他心里不糊涂，是个明白人，越想越觉得应该给芳琼一个机会，让她晚年幸福，还她人生一个圆满的结局，自己赶紧退出来。

何木生主意已经打定，晚上睡不着觉，就和芳琼说了自己的真心话，边说边情不自禁地用双手摸了一下芳琼的脸和那额头上深深的皱纹。

芳琼惊讶地看着何木生,没想到他会说出这么意想不到的话。芳琼说:"这次只是偶遇,没有其他想法!你也应该了解。"她又说:"后来听说敏纯为了不打扰我们的生活,读完了大学后一个人远远地躲到国外继续读书,很晚才成家,目前又这样了,也是不容易。"

芳琼不追求那丰富的物质生活。以往,住的房子简陋,她能在窗户玻璃上贴个红色窗花;穿的衣服简朴,她能搭配自己喜欢的各种颜色;日常生活再困难,也能粗粮细做,用淡菜调出美味。在普通平凡的生活里,活出个样子来。她守着一家子,过着平平安安就是福的日子,在辛苦的日子里,努力奋斗,享受着天伦之乐,一门心思创造条件让儿子读书,培养儿子成为有知识的人,完成自己想读书的愿望。

何木生懂芳琼的心,眼前的芳琼,感情确实开始纠结起来。她想,怎么才能既对得起何木生,又能够补偿敏纯。这是道难解的题,感情上欠了何木生的债。一个是相陪相伴走过来快一生的、粗茶淡饭苦乐相随的人;一个是青春期曾经思念寻觅的身影、生活中愿策马同行的同路人。几十年都过去了，如今自己的儿子已经长大，快要成才了，离奇的事情却发生了，就是恰巧遇见了敏纯，见到那个小小的丹丹如女儿一样可爱，让人放心不下，她需要人来照顾。

芳琼心中焦虑不安，她心里知道，何木生自认为这样做是解决困难，可是不能对他不公平啊！芳琼也睡不着觉了，她怎么能睡得着呢？她总在想，为什么敏纯该遇上时遇不上，不该遇上时又遇上。现在，两个人同时在眼前，怎么办呢？她悄悄来到门外，算了一下时差，拨了电话问子豪，子豪没有回答这个问题。又打电话找安民问，可是安民也没有给明确的意见。

这时何木生不声不响地准备着。

清晨，何木生打开窗户。窗外清新的空气吹来，窗前那棵树茂盛的树叶上落着晶莹、透彻、闪光的露珠。

何木生好像看到家乡小西沟河套里那郁郁葱葱的景象，闻到泥土的芳香。

何木生抱紧自己的双肩背包，顺手背上走了。他终于万分不舍地把为芳琼撑起的伞，移交给了敏纯，让敏纯为芳琼继续撑起一片天，遮风挡雨。何木生有博大的胸襟,他对芳琼的爱没有变,只是,他为他所爱的人能得到真爱而付出了自己的全部。

芳琼又到了人生的路口,她知道生活不给自己时间,她要怎么走这条路呢?她心里在思索着,纠结着……

后记

POSTSCRIPT

笔者凝聚三个春秋的心血——《蒲公英的足迹》即将问世了,这对于笔者来说是一件欣喜之事。

在成书过程中,笔者得到了朋友、家人极大的鼓励和支持。

感谢丙祥、开亭和忠毓同学对文稿提出的重要建议。

感谢煌平、仕杰、成林、慧婷等好友对我的大力支持。

感谢好朋友海伟为本书扉页绘图。

感谢儿子杨晓冬题写扉页书名,爱人杨爱平作序。在此一并对所有为此书付出努力的人表示诚挚的谢意。

韩玉莲

二〇二〇年十二月于深圳